大展好書 好書大展

大展好書 好書大展

青春天地

31

偵探常識推理

小毛驢／編譯

大展出版社有限公司
DAH-JAAN PUBLISHING CO., LTD.

序言

本書所收集的是推理、常識及整人的謎解。請各位動動腦筋之後再做答吧。在謎解之後附錄和謎語相關的專欄。換言之，你不但可以享受謎解的樂趣也能從中獲得知識，可謂一箭雙鵰。

所謂推理謎解其深奧有如冰山。裸露在表面上的只是鳳毛麟爪而已，隱藏在背後深處的部分是超越想像的多而大。而推理就是從限定的材料中思考各種可能性，從中判斷出結果。其中也許會令人產生錯覺或搞不清方向。但是，請您仔細地利用您的腦力找出正確的答案來。

一般人認為現代的兒童已缺乏思考的習慣。本書若能養成各位思考的習慣則是筆者的大幸。

目錄

目　錄

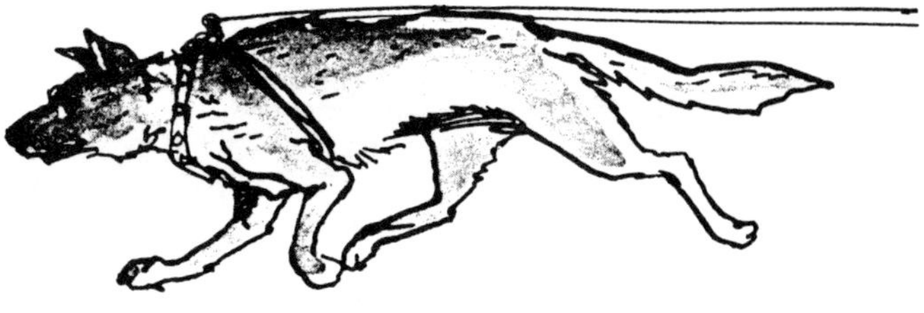

第二章　找尋嫌犯的謎解

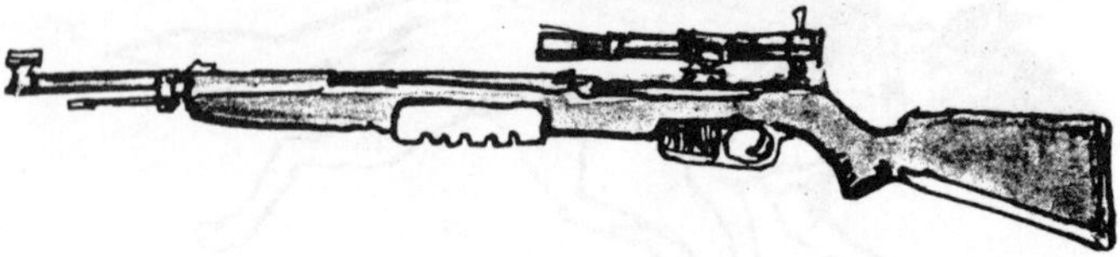

第三章　常識謎解

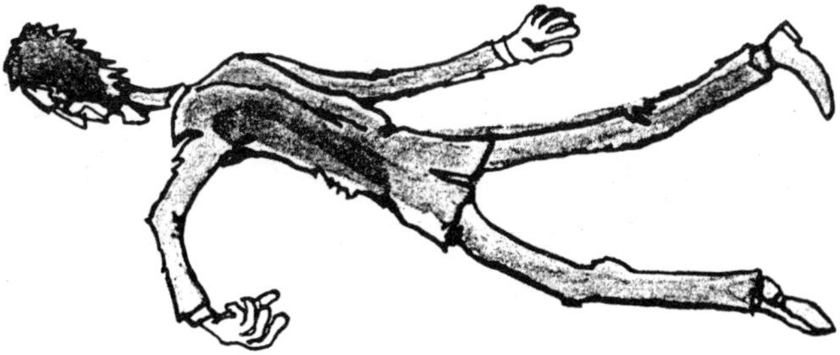

第一章　偵探謎解

1 拆穿不在場證明

S被認爲是某凶殺案的重要嫌疑犯而接受調查偵訊。以下是當時他和刑警的對話：

S：「我眞的沒說謊呀！當時我一直在房間內看電視啊……」

刑警：「嗯……是嗎！當時不是有飛機飛過你家上空嗎？……」

S：「這……是好像有……但這又怎樣呢？」

刑警：「那麼……你家的電視機難道都沒有異樣嗎？」

S：「哈哈哈……我家那台電視機是剛買不久的新品呀，怎麼會有異常……」

刑警：「你還說謊！當時你根本沒有在屋內！」

那麼，請問刑警為何如此肯定S是在撒謊呢？

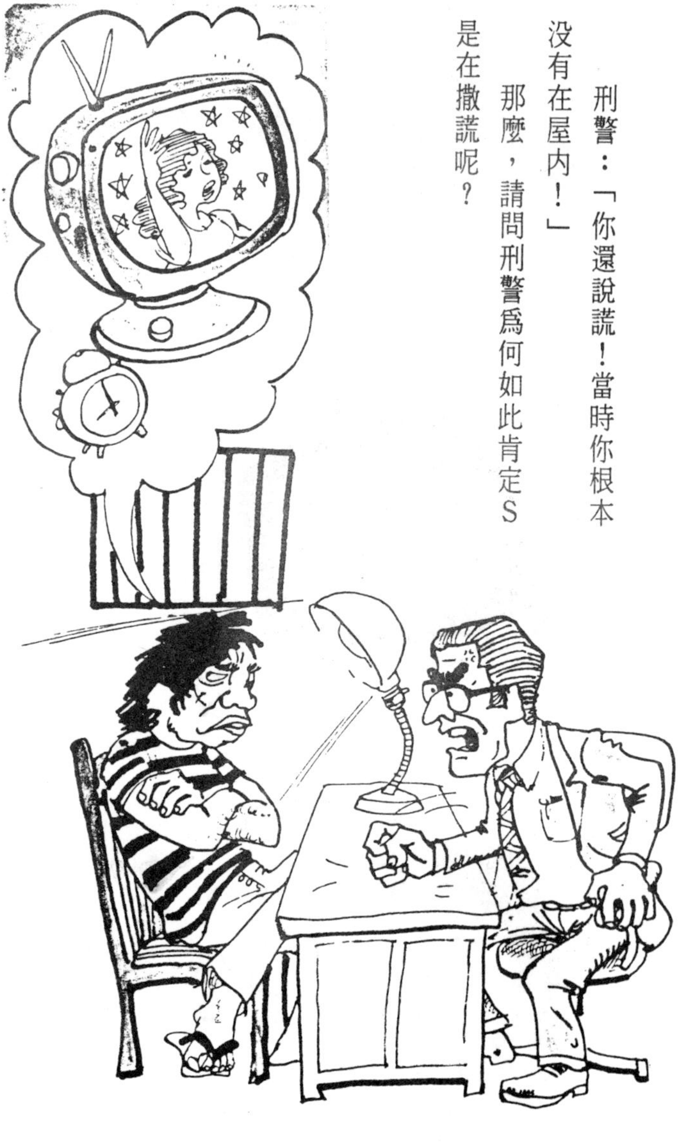

答1

如果S真的有在屋內的話，應該會發現電視機有異樣才對。住家上空有飛機經過時，電視機的收視狀況一定會受到干擾而變得收視模糊。

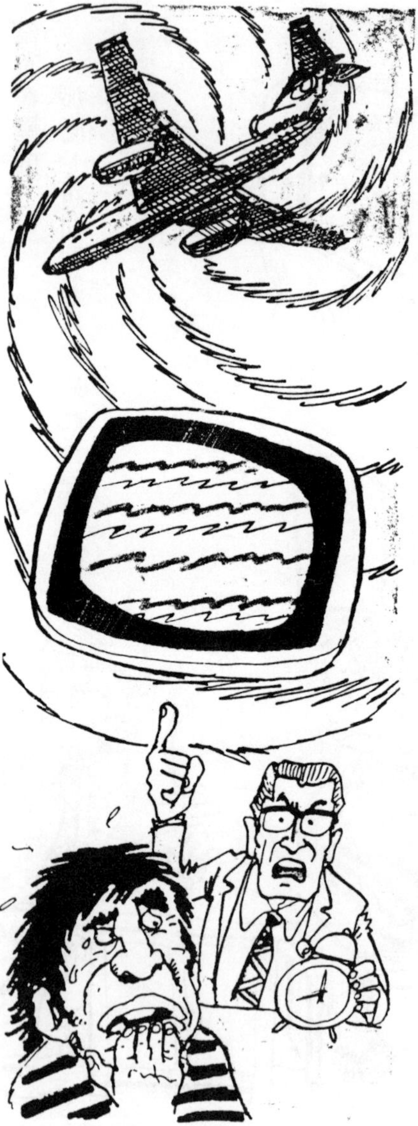

電視

對於現代人來說，電視可以說是提供我們資訊與娛樂不可或缺的媒體。日本早在一九三〇就開始電視的實驗廣播。據說當初播放的只是日文中的一個文字而已，因此正確地說只是在實驗電視的原理而已。

那麼，電視放映影像的原理又是什麼呢？

首先，將光學鏡頭對準目標的物體，這時會產生一個影像。在該影像上會出現亮度強弱不同的部分。換言之，各部分在明亮度有強弱的區別。

然後，將這種明亮度的強弱轉變爲電氣的強弱，再經由電線的傳送，影像就能傳送到遠處。

然而因電視的問世，我們的社會也產生了電視病，例如，成天只愛看電視的電視兒童、家人在一起時只知道看電視的電視家庭等。不過，看電視時最重要的是不可毫無選擇地從早看到晚，應該有所節制、有所選擇，這樣才可蒙其利而不受其害。

2 密函！

秘密情報員○○8收到潛入敵國的女友間諜所寄來的一隻鉛筆，其中附帶一張便條說：

「請用這隻鉛筆寫信給我，越多封越好。請儘量寫，直到這隻筆不能再寫爲止。」

一時之間○○8樂得心花怒放，可是，沒想到上司卻大聲地斥責說：

「混蛋！她是把重要的情報傳給我們啊！」

○○8被上司怒喝後，卻還想不出所以然來。

您是否知道其中的玄機呢？

第一章　偵探謎解

答2

如果照便條上所說的內容來思考，用該隻鉛筆不斷地寫，當筆蕊寫完時一定會出現什麼。

因此，將鉛筆剖開應該會發現裝筆蕊的地方藏有寫著重要情報的紙條。

3 竊聽器在那裡！

和平酒吧是世界和平秘密組織PEACE的連絡處之一。

有一天，潛入敵人的情報組織而身負重傷瀕臨死亡的老K逃至和平酒吧。他最後的遺言是「我已經不行了！這裡的談話全部都被竊聽……玻璃杯中……。」

如果老K所言屬實，那麼在杯子裡面一定藏有高性能的竊聽器。然而這裡是酒吧，眼前所見到處都是杯子。而且，在透明的玻璃杯中怎麼可能藏有竊聽器呢？

請仔細觀察附圖並找出竊聽器的藏身處！

SUNTORY OLD
SUNTORY
WHISKY

答3

竊聽器根本不可能藏在透明的杯子裡，如此一來就是裝骰子的杯子裡了。換言之，竊聽器就是裝在骰子中。

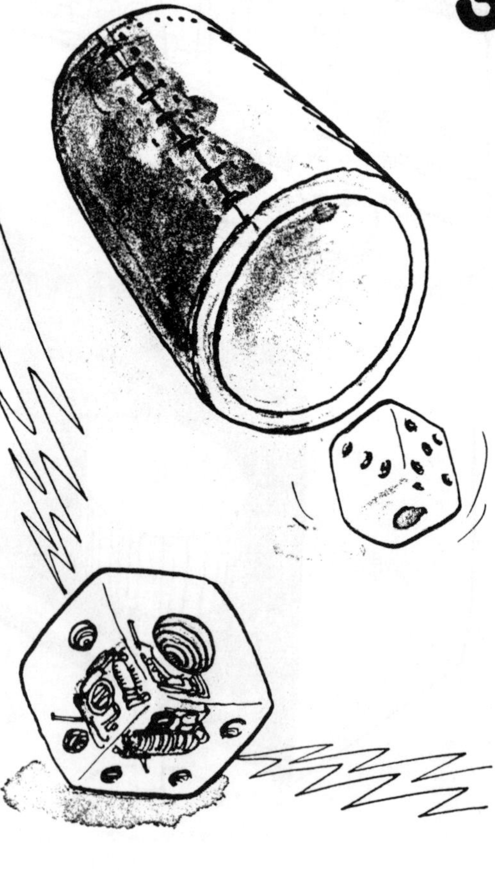

竊聽器

過去曾經在世界各國引起軒然大波的美國尼克森總統的辭職，簡單地說就是竊聽所惹的禍。

或許人類眞的是具有以竊聽別人隱私爲快的劣根性。然而，不管其目的爲何，竊聽他人的談話勿庸置疑地是一種非常卑劣的手段。

最原始的竊聽方式是利用雞尾酒杯或大號的平底玻璃杯等將其開口貼在牆壁，竊聽者將耳朵貼住玻璃杯的另一端。另外，也有人以醫生的聽診器做竊聽工具。

隨著科技的發明，現在的竊聽器更是花樣百出，不過，一般說來其大部分都是利用收音機FM的廣播頻率。其作法是先在目標的場所裝上竊聽器，然後在一定距離內的他處打開收音機收聽FM廣播，再調整其頻率就可以竊聽到目標處的所有聲音。

同時，防止竊聽的方法也相對地開發問世，據說一般的公司都加以利用，以防止公司的秘密外洩。

例如，懷疑公司的電話可能被竊聽時，就會發出某種電波的設備。據說那是一種干擾電波，會使竊聽者所收到的訊號完全變成雜音。

然而不管如何，只要想想竊聽器被發現的後果，就應該明白竊聽並非上上之策。

B的叔父是一位大富翁，但是卻從來不給B金錢上的援助。因此，懷恨在心的B就設計了一個綿密的殺人計劃，想要殺掉叔父而繼承其遺產。這個犯罪計劃一點也不會讓B受到懷疑其危險。但是，相對地他的叔父是否會中計而亡倒也不可知。總之，這是一項需要耐心等待的犯罪計劃。

當進入梅雨季的時候，B把某高爾夫球場的會員使用權贈送給叔父。他那吝嗇的叔父也非常高興，一有空閒就到高爾夫球場打球。

聽說今天叔父又去打高爾夫球的B，趕緊去查看今天的天氣預報。

B：「哈哈哈……說不定今天計劃就會成功。」

請問，B所構想的犯罪計劃到底是怎麼一回事？

答4

B的企圖是希望叔父在高爾夫球場被雷殛而死。

因爲打高爾夫球的球竿全都是金屬器具，很容易引來雷擊。

誰是我爺爺……!?

今年才升上小學四年級的太郎到車站準備迎接從鄉下來的爺爺。太郎雖然曾經見過爺爺，但是那是在嬰兒時期的時候，因此他根本不認得爺爺。所以，他也準備帶照片來認人，卻在匆忙之間把照片給忘了。

不過，還好他知道爺爺有一項小秘密，那就是爺爺喜歡象棋。

現在，車站的長板凳上坐著三位老人，請問那一位是太郎的爺爺呢？

PORNO
GRAEK

第一章　偵探謎解

答5

坐在中間的那位老先生就是太郎的爺爺。因爲，報紙裡面有刊載著象棋的專欄。

中國人的象棋是，將、士、象……
日本人圍棋很盛行！
西洋人下西洋棋

6 會等人的電梯！

職員Ｆ先生是在辦公大樓的二樓上班，現在他正走出電梯，打算把一些文件拿給在八樓辦公的上司。

很不湊巧的是這棟大樓雖然有三部電梯，有兩部正在維修中。

Ｆ先生心想如果現在任由電梯往底樓下降，等一下自己要下去時勢必要等很久電梯才會再上來。幸好他的事情只需一兩分鐘就可以辦好。所以，他就用隨身攜帶的一隻鉛筆把搭乘上來的電梯固定在八樓。

當然，這時候不管你按那一樓的按鈕，電梯都是不會動的。請問，Ｆ先生動了什麼樣的手腳？

STOP

答6

F先生把鉛筆擺在電梯兩扇自動門之間。因爲，電梯門沒有完全關好電梯就不會啓動。

7　雪山槍戰！

秘密情報員Ｊ和女情報員Ｋ在雪山中被暗殺集團的三名殺手追殺。最後Ｋ終於被捕，於是三名殺手以Ｋ爲人質要脅Ｊ出面投降。以下，就是當時雙方的對話。

Ｊ：「好吧，我把槍給你們，反正照這情形看來我們兩人遲早都要被殺的。不過，既然如此，你就用我的槍來處決我們吧！」

殺手：「哈哈哈……算你識相，好吧，我就用你的槍！」

於是Ｊ把他的槍丟入雪堆中，殺手撿起槍扣動板機，結果就在這千鈞一髮之際，Ｊ成功地達到了企圖而脫離了險境。請問這時候到底發生了什麼事呢？

第一章　偵探謎解

答7

因爲J把槍扔在雪堆中，槍管內因此塞滿了雪，這時若扣動槍機，槍會發生膛炸。

換言之，扣動槍機的槍手將因此而遭殃。J和K即可趁這個機會逃離險境。

槍的聯想

談到槍不禁令人聯想到美國的西部電影。接下來我們來談談活躍在美國西部開拓史的各種槍械。

在美國西部電影中，最赫赫有名的槍隻是名叫文契斯特的連發來福槍，此外還有柯爾特卡賓槍、史賓沙槍等。

美國西部開拓史上最有名的歷史事件是，卡斯特將軍所率領的第七騎兵隊被希魯所率領的夏安族聯軍殲滅。後人分析其勝負的關鍵是在於騎兵隊方面所使用的槍隻是單發的史布林・費爾槍，而印地安人所使用的則是向白人商人所購買的威傑斯達連發來福槍。由此可見單發槍和連發槍的威力有多大的差別。

不過，這是因爲當時的美國政府規定史布林・費爾槍是正規騎兵隊的配備。

著名的手槍有側身安裝擊鐵的柯爾特・側鎚槍，初期超大型軍用槍柯爾特・德拉克恩槍，有如胡椒口形的柯爾特・貝巴勃克斯槍等等。而小型手槍則以暗殺林肯總統的迪令賈，堅固耐用的列名頓・新型槍較聞名。

8 飛彈爭奪戰！

國際陰謀組織的恐怖份子企圖偷盜Q國的飛彈，並準備將它賣給Q國的鄰國R國。

潛伏在這陰謀組織內的Q國間諜○○5一方面幫這些恐怖份子將飛彈裝入大型的拖車上，一方面伺機通風報信。這輛大型的拖車或許是因爲行經塵土飛揚的街道，而使全車覆蓋著一層灰塵。在國境處有軍隊檢查哨，因此，只要在拖車上做下記號就能將飛彈奪回。

請問，○○5要如何在拖車上做下記號呢？當然，如果記號做得太明顯，馬上就會被察覺反而不妙。

第一章　偵探謎解

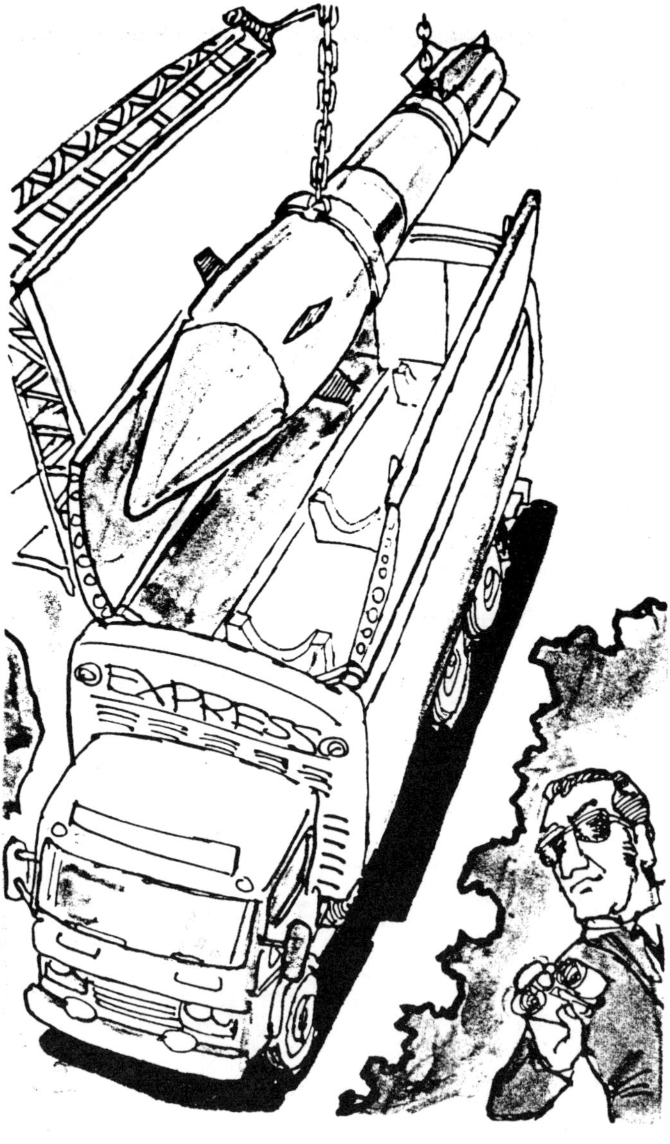

答8

因爲這輛大型拖車全車都覆蓋著一層塵土，所以〇〇5只要將手按壓在車身上，做出一個手掌形狀的記號就可以了。而且，這種記號很難自然消失。

M S・基拉是世界秘密組織的第一號女殺手，她最與衆不同的地方是每次出任務時槍隻是由委託者提供，但是所使用的子彈一定親自準備，而且每次只準備一發子彈。只要一發子彈就夠了，或許這就是她的自信。

現在，這裡是S國的機場，M S・基拉正在接受入關檢查。海關人員將她的手提包裡面的東西鉅細靡遺地檢查一遍，卻仍然找不到子彈而大爲困惑。請問，您是否知道子彈藏在那裡呢？

給你一個提示，請從女性經常攜帶的東西上去想。

HiHiHi

DUNHIL

答9

對了，子彈就是藏在口紅裡面，口紅可以說是最適合藏子彈的器具。

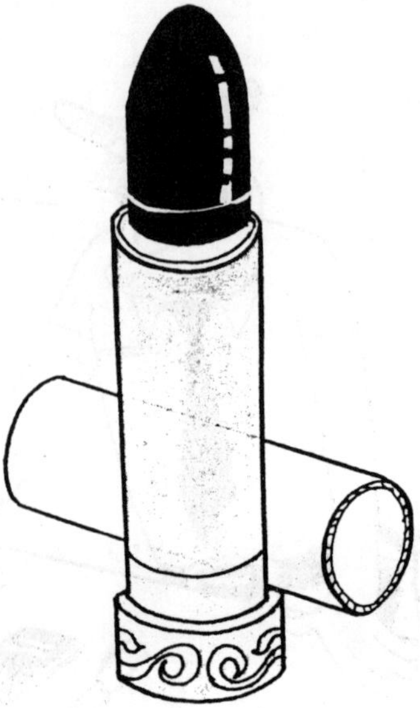

機場

最近，由於經濟發達，社會上普遍掀起了出國旅遊的風潮。尤其是年輕人到國外旅行彷彿是走訪左鄰右舍一般不足爲奇了。

不過，由於相繼發生劫機案件的影響，代表各國大門戶的機場警察變得更加嚴格。那麼，進出機場時必須檢查那些項目呢？

出國時首先必須在機場的航空公司的櫃台繳驗機票、護照、檢驗證明等，量秤手提行李以外的大型行李重量之後，在出國登記卡上塡上必要的事項。然後在海關接受手提行李的檢查，才能獲準出國。

回國時確認檢疫證明書後，在海關接受行李的檢查，然後再經過通關手續檢查，才能進入該國。

進出國的程序可費周章。不過，若要認識更寬廣的世界，第一步還是到國外旅行吧。

10 地圖藏在那裡呢？

怪盜集團X，是專門找高級公寓下手的超級偷竊集團。

可是，有一天警方從情報獲知怪盜集團X，將在澡堂內交換下一次行動目標的公寓地圖。

當刑警到達現場時，情報交換已經完畢，竊嫌們已經將該地圖藏匿起來。

請問，在大家同樣都是光著身體的澡堂中，竊嫌們會將地圖藏在那裡呢？

同時，地圖一定不是藏在口裡。

答 10

是藏在貼著藥膏（撒隆巴士、辣椒膏等）的人的身上。當然，只要把那張藥膏撕下來，一定可以看到那張畫著地圖的紙張。

11 兇殺現場的疑惑！？

大富翁F老先生，只有一個可以委託後事的親戚。可是，老先生並不喜歡他。因爲這位親戚只一心一意覬覦他的財產。

可是，有一天，老先生被發現死在庭院的涼台上。老先生因爲聽力有障礙，所以一直帶著助聽器。

當時，在涼台的桌子上放著一只喝飲料的杯子，表面上看來老先生可能被下毒致死，可是，飲料中並沒有攙雜毒物。

當然，杯子本身也沒有任何異狀。然而可以百分之百確定這是老先生的那位親戚所下的毒手。

那麼，請你解開這個犯罪的謎底……。

答11

那位親戚是將毒液塗在助聽器要插入耳朵內的部位上。

人的耳朵和口腔是互相連通的，因此，流入耳朵內的東西最後也會流進胃部裡面。

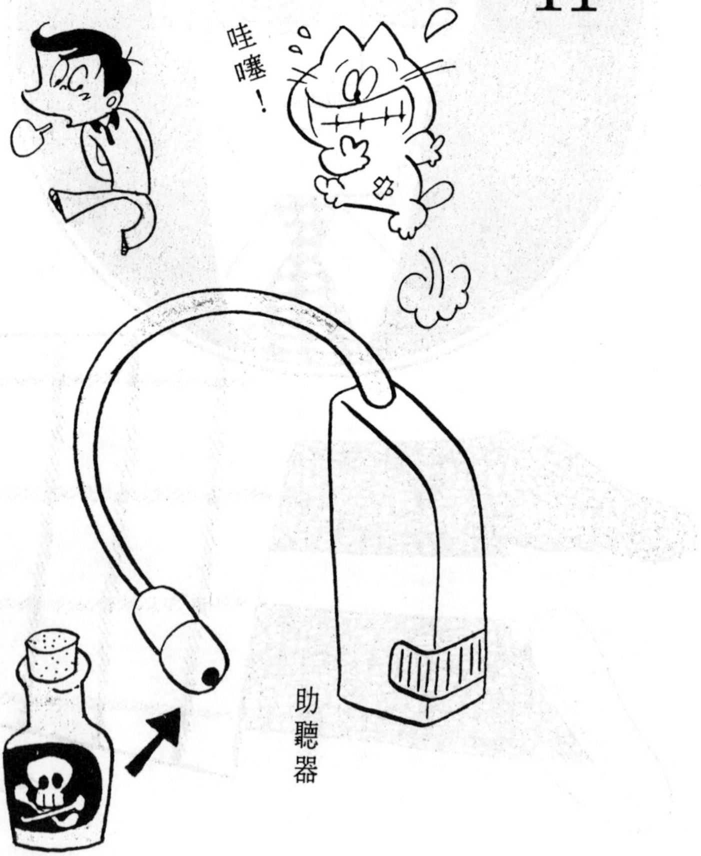

助聽器

助聽器是幫助有聽力障礙的人能夠更清楚地聽到聲音的器具。

如果要比較聽不見的人和看不見的人在路上行走的危險性，據說聽不見的人比較容易發生事故。由此可知聽得見聲音對人而言是多麼重要。

最原始的助聽器是做成喇叭狀罩在耳朵上，可是這種助聽器的功效並不顯著。

於是，後來才進一步發明利用電器原理的助聽器。是將聲音透過麥克風的收集與轉播，使聲音聽得更清楚。現在一般的助聽器可以說都是這一類型的產品。有趣的是，因為發明電話而名垂青史的貝爾，據說最初是想研究助聽器。

製作電器助聽器是一九〇〇年代初期的構想，但是以當時的科技能力並無法做成細小的眞空管。因此，無法製造出可以隨身攜帶的袖珍型助聽器。畢竟人不會因爲耳聾而在外出時隨身攜帶一個大箱子吧。

可是，隨著科學的日新月異，助聽器也不斷地被改良創新，終於有一位叫杜蘭斯達的人，發明了今日袖珍而便利的助聽器，給聽力障礙的人帶來了莫大的助益。

另外，助聽器的種類有箱子型、眼鏡型，也有直接掛在耳朵上的。

12 推銷員的失策！

S推銷員正懊惱地自怨自艾，原因是今天他到客戶那裡推銷時，很不湊巧地，當他打開手提箱時卻把那家客戶的敵對公司的宣傳單曝光了。該公司的經理看到那些傳單後非常生氣地說：「怎麼！你也跟那家公司做生意嗎！」結果原本好好的一筆大生意卻告吹了。

可是，S先生也學到了一個教訓，那就是他目前所使用的手提箱並不適合，因爲一打開裡面的東西就被看得一清二楚了。……。

那麼，請問附圖中那一位是S先生呢？

B
A
C

答12

C提著○○7手提箱的S先生。因為，這種型式的手提箱打開時，裡面的東西便可一目了然，另外的那兩種手提包就不會有這種現象！

田先生是演藝界的經紀人。目前他同時擔任四位明星的經紀人，現在有人要他安排這四位明星全部出席某個宴會。

時間是某個下午一點到六點之間，不過出席的時間不拘。

附表是該日四位明星的既定行程。沒有列表的時間帶就是四位明星各自的空檔時間。

那麼，請你代替田先生來安排這四位明星出席宴會的時間。

又，在該宴會中這四位明星有多少時間能夠同時在場。

①劉德華

1：00PM～2：00PM（錄　影）
5：00PM～6：00PM（簽名會）

②郭富城

1：00PM～2：00PM（電台・DJ）
2：00PM～3：00PM（廣告錄影）
6：00PM～7：00PM（公開錄影）

③張曼玉

12：00PM～1：00PM（簽名會）
4：00PM～5：00PM（錄　影）
5：00PM～6：00PM（電　台）

④林青霞

12：00PM～1：00PM（公開錄影）
1：00PM～3：00PM（電　台）
4：00PM～6：00PM（廣告錄影）

（這個行程表不考慮交通時間。）

第一章　偵探謎解

答 13

將四位明星的既定行程依下表的形式用斜線表示出來，空白的時間帶就是他們可出席宴會的時間。其中他們共同的空白時間帶是在三點到四點之間。換言之，當天下午三點到四點間的一個小時他們四人會同時在場。

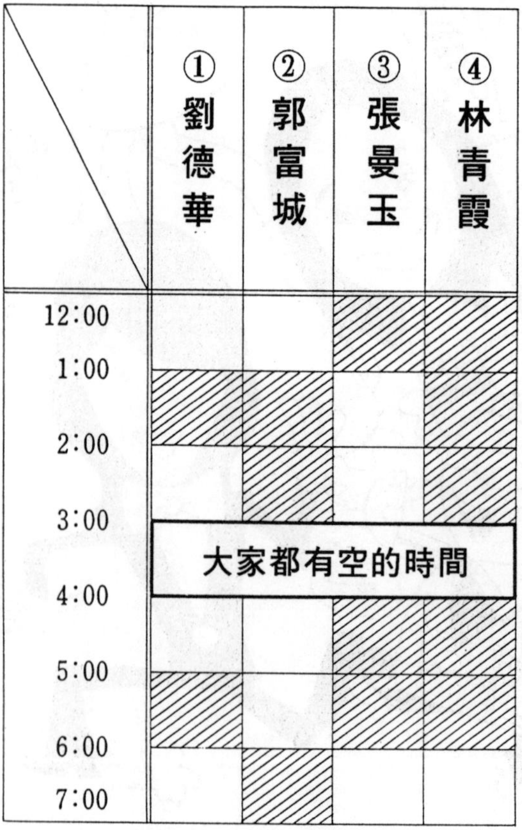

演藝界的經紀人

或許有不少人曾經夢想有朝一日能夠穿著漂亮服裝站在舞台上唱歌，成爲歌迷仰慕的偶像歌星吧。

那麼，要如何才能成爲偶像歌星呢？事實上其中並沒有一定的方法或資格。不過，除非在某方面具有出類拔萃的人，一般人也是難登其門的。

能夠成爲偶像演藝人員的途徑有下列幾種：

①參加電視公司所舉辦的歌唱比賽，而有傑出的表現。

②通過電視公司舉辦的考試。

③加入劇團訓練演技。

④做大牌明星的跟班以等待機會。

⑤在社交場所等地方被星探所發覺。

可是，偶像演藝人員這個行業看起來似乎很時髦，事實上，卻是非常嚴峻的職業。

14 毒氣在那裡！？

MS‧瑪丹娜是一位騙婚專家，專門誘騙有錢的單身漢。

可是，MS‧瑪丹娜卻被發現陳屍於某豪華大飯店的房間內。

經過研判，死因是她正要外出時吸進了劇毒的氰酸毒氣。

現場的房間是從裡面反鎖，並沒有外人進來。可是，警方卻始終找不到裝毒氣的器具。

那麼，兇手到底是把氰酸毒氣放在那裡呢？請你仔細觀察附圖然後做出推理。

第一章　偵探謎解

答14

兇手是把氫酸毒氣裝在香水中。

ＭＳ・瑪丹娜在外出時沒有察覺異狀

而噴了香水，結果就一命嗚呼哀哉了

！

15 人質有幾人？

警察接到報案說有一位凶惡的強盜闖進了某公寓的一家住宅。該家庭共有五口人，包括夫婦、長男、長女還有一個嬰兒。

據說，兇手為了掩人耳目而讓人質可以在家中自由行動。

警察雖然包圍了該住宅的附近，但是，因為不知道歹徒手上到底有幾位人質，而無法擬定作戰計劃。

現在，該家庭的夫婦正好到陽台曬衣服。

請你猜猜看，到底有幾個人被當作人質？

答15

您是否已經看出了端倪呢……。

那位家庭主婦不是已經提供了很明顯的線索了嗎？請再看一下所晾曬衣服的種類。有男人的襯衫、小男生的短褲、還有尿布。再加上那位太太本人，人質應該共有四人吧……。

人質

以人質來要脅贖金是最卑劣的犯罪行爲。

這種犯罪行爲的成功機率極小，而且一旦被抓後也會被科以最嚴厲的刑責，可以說是極不明智的犯罪手法。它之所以很難獲得成功是因爲在索取贖金的時候，嫌犯必須和警察的佈局接觸，這時嫌犯就很容易露出破綻。

話雖如此，卻有許多尚未破案的綁架事件或嫌犯雖已被逮，人質卻早已被殺害的慘劇。

因飛越大西洋而成名的美國人林登巴格，他的孩子被綁票的案件在當時掀起了一場軒然大波。當時綁匪要求五萬美元的贖金。後來雖然依約交付贖金，可是被綁架的孩子卻變成一具慘不忍睹的屍體。

最後，雖然逮捕兇嫌並判處了死刑，但是兇嫌卻始終不肯認罪。由於這個案件錯綜迷離，據說有人因此而懷疑眞正的兇手是否另有其人。

16 明信片在那裡…？

某超高收視率的歌唱節目，每個禮拜都可收到上千封來自歌迷要求點歌的明信片。

現在，節目製作單位要從其中抽出十張明信片，被抽中者可以獲得歌星的簽名照片。可是，在這種抽獎活動的進行中，往往會發生已經被抽中的明信片因工作人員的疏忽而再度掉入信堆當中。

因此，負責抽獎的主持人想到了一個比較容易找出中選的明信片的方法。

事實上他是在明信片上動了一些手腳，請問他動了什麼樣的手腳呢？

這太難了……
M.S
再找不到就要被炒魷魚了！

答16

把中選的明信片剪一個角下來。
你看，這個方法很棒吧！

M先生是某地方著名的古董收集家。在他的倉庫中收藏著許多頗有歷史淵源的佛像和價值連城的屏風。

有一天，自稱是美術評論家的S先生前來拜訪，M先生為了誇耀自己的收藏，於是打開倉庫讓S先生參觀。

可是，事實上S先生是某強盜集團的頭目。S一進入倉庫之後馬上襲擊M，最後將M殺死。因為M先生是獨居在單棟的房子，所以地方上的人並沒有馬上發現這起兇殺案。當慘案被發現時M的屍體已經開始發臭，而S也因為饑餓而奄奄一息。因為M先生有一個習慣，就是一進入倉庫之後一定會將門由內側反鎖。所以，當時的門也是被鎖死的。

話雖如此，S爲什麼不強奪鑰匙逃走呢？

附註：倉庫的門戶都是堅固的鋼鐵製品無法破壞，而且鑰匙也沒有被扔出外面。

答17

因爲M在被襲擊時把鑰匙吞到肚子裡。所以，S才無法逃出去。

古董

古董這個名稱據說是中國古代一個料理的名稱。是將骨頭長時間燉熬而成的一道菜。

現代的年輕人似乎有對古董特別偏愛的傾向。

也許這是對凡事講求機械化的現代文明的一種反動人們的興趣，反而轉向追求那種具有人類眞實感情的手製品。

例如，會發出「咚咚咚」聲響報時的掛鐘，比起那種只講求方便性的石英鐘較令人有安全感吧。爺爺、奶奶所使用的泛著黑光的原木製櫥櫃，看起來總比扁平而單薄的洋裝衣櫥較令人感到溫暖吧。又，廣義地說，古時候的錢幣也可以說是一種古董。

不過，現在的古董風潮倒也有些叫人無法恭維的地方。

那就是部分業者、收藏家收集古董只是爲了炒作金錢。收集古董應該是爲了去感受古人的逸趣溫情。

18 糊塗的定時裝置!?

小壞蛋E如圖所示地利用香設計了一個非常原始的定時爆破器。

可是糊塗的部下F，卻用蚊香來代替香。因此，E和F在還沒有做好不在場證明時，就被逮住了。

換言之，爆炸的時間比預定的來得早。請問這是爲什麼……？

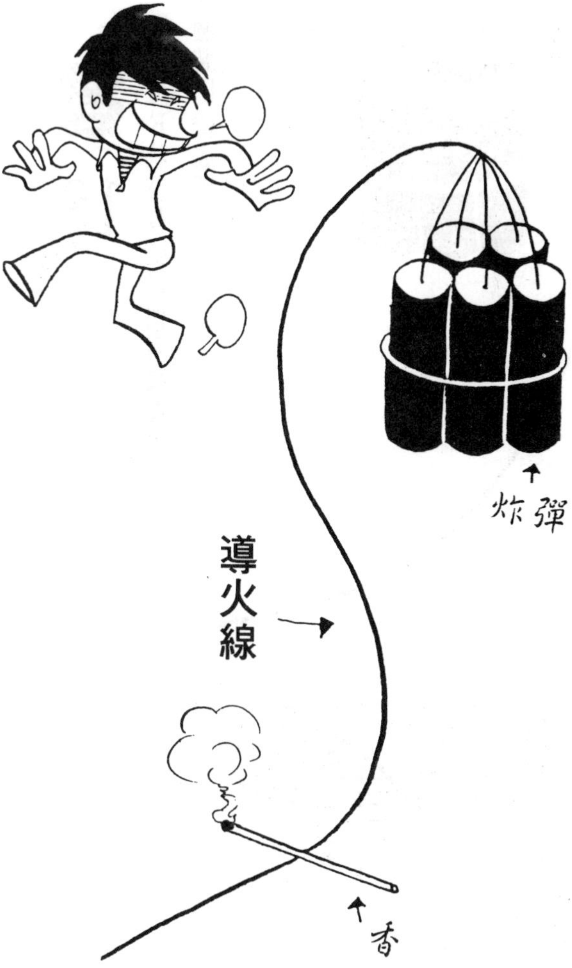
炸彈
導火線
香

答 18

糊塗蛋F並沒有發覺利用蚊香會使整個裝置變成下圖所示。

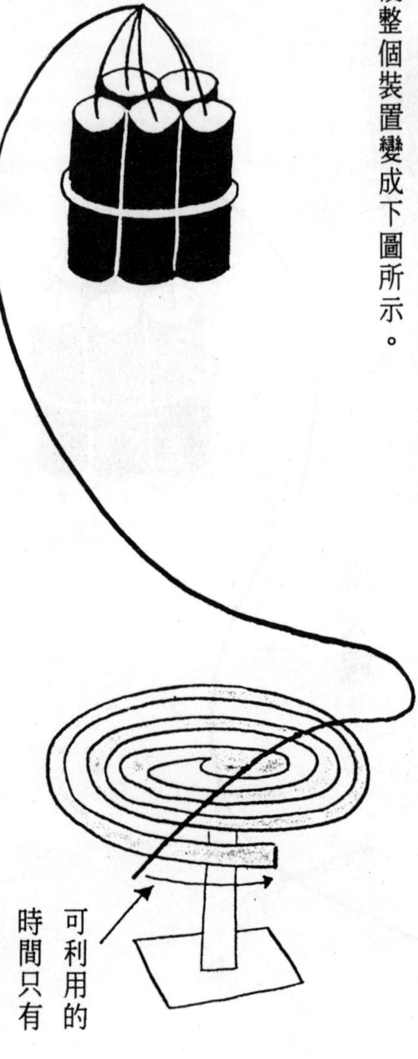

頭盔在那裡？

國立博物館失去一件國寶級的頭盔，謠傳說是怪盜「黑手」的傑作。

於是調查員馬上突擊搜查怪盜「黑手」所藏匿山莊。

雖然「黑手」早已聞風潛逃，但是優秀的調查人員不費吹灰之力馬上找到頭盔。

附圖是「黑手」山莊的內部情景，請問，頭盔到底藏在那裡呢？

跟我沒關係喔！

三十六計走為上策……

答19

頭盔是被藏在掛在牆壁的鹿頭壁飾中。這裡的確是藏匿頭盔的絕佳場所。

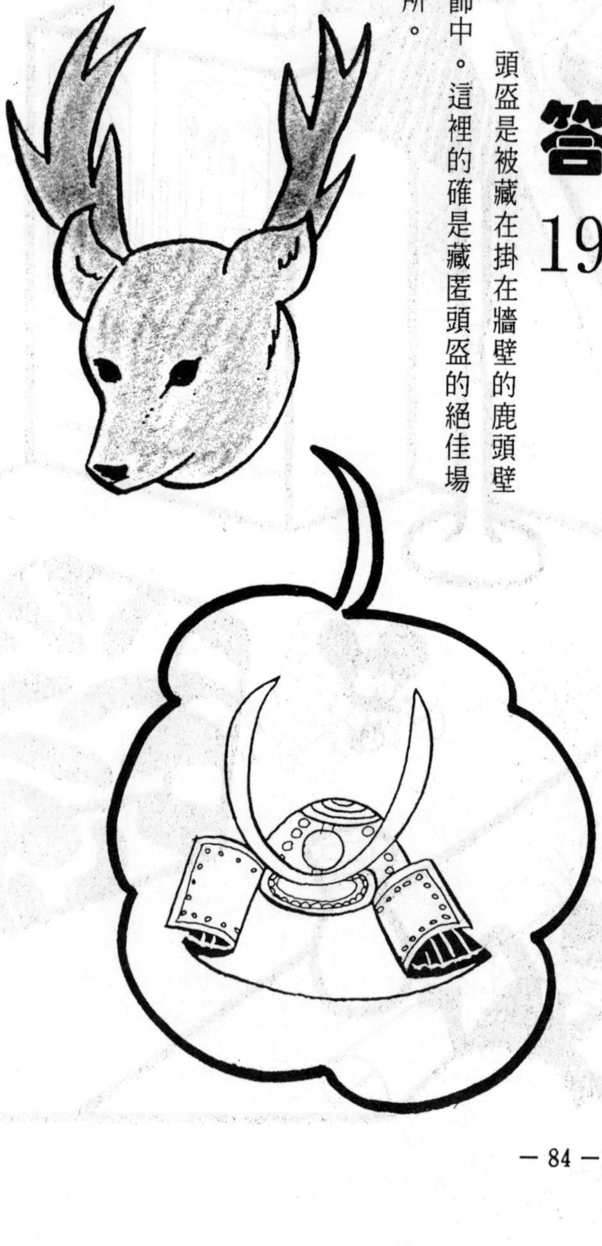

博物館

博物館是收集歷史、藝術、產業以及科學等方面的資料，並爲大家做展示的地方。博物館的成立年代非常久遠，據說第一個博務館是成立在古埃及時代的亞歷山大港。其後到了羅馬時代，據說貴族和有錢階級的人爲了向人誇示其權貴和財富，而在自己的自宅內成立了所謂的迷你博物館。

可是，到了中世以後，由教會出面將收藏在個人家中的美術品或裝飾品集合起來而建立了綜合博物館的雛型。本來教會之所以要收集珍奇物品爲的是要匯聚信徒。換言之，這是教會宣傳的一種手段。

到了十五世紀文藝復興以後，社會興起一股思古風潮，舊美術品成爲大家所鍾愛的焦點。影響所至，各國的古典、古書、古錢幣以及化石也都成爲大家珍藏的對象。這時由於印度等東洋和美國新大陸的相繼發現，有許多前所未見的新奇事物相繼地引入歐洲，在歐洲社會中引起了極大的震憾。

到了十七世紀，終於產生了整理分類這些收藏品的專門學問。在歐洲各國也有人開始向大衆公開那些以前只有少部分人才可以欣賞到的珍藏品，到了十九世紀，終於出現了和今日博物館相同的大衆博物館。

20 在深山中溺死！

這裡是有高山峻嶺環境的P城鎮。

鎮長P先生失蹤一個月之後被發現身死在森林中。

死因檢驗說是溺死。所以，令鎮民大感疑惑。這個城鎮距海遙遠，而且又不瀕臨河川或湖泊。但是解剖的結果卻明確地指出P先生是飲入大量海水致死。

然而，P先生一步也未曾離開這個城鎮，那麼，嫌犯到底是用什麼方法讓P先生溺死的呢？

第一章　偵探謎解

答 20

要讓人溺水而死，只要有一臉盆的水就足夠了。只要將人的整個臉強迫壓入臉盆中就可大功告成了。說不定嫌犯是事先在某處運來海水而用這個方法殺死P先生的。

21 公寓内的兇殺案！

某天晚上，發生了一起兇殺案。

死者是在演藝界擁有清純形象的女明星S小姐，而現場就是其豪華的公寓。

S小姐是生活非常有規律的人，被殺當時她正在寫日記，而且才寫没幾行就被人從後面襲擊。現場有激烈抵抗的痕跡，房間内的時鐘被摔壞在地板上，時鐘的指針停在九點半的位置。因此，有人認爲說不定這是犯罪當時的時間。

現在，犯罪嫌疑最重的是平常和S小姐有嫌隙的經紀人。以下是那位經紀人和刑警的對話：

經紀人：「請調查清楚呀，昨天晚上九點半左右，我正和朋友在離該公寓很遠的地方喝酒啊……」

刑警：「事實似乎是如此沒錯！」

經紀人：「既然事實如此，爲何還要抓我呢？」

刑警：「但是，S小姐並不是在九點半被殺死的呀！那是兇嫌爲了湮滅犯罪時間的證據而故意將時鐘的指針移至九點半的位置，眞正的犯罪時間應該是在那之前。」

經紀人：「胡扯！」

可是事後證明事實正如這位刑警所說的一樣，那個時鐘確實被兇嫌動過了手腳。而且，兇手正是那位經紀人。請問，刑警爲何能看破兇手的詭計呢？

其實……
我太太……
是S女明星
的忠實影迷

答21

請注意S女明星是生活非常有規律的這一點。因此，在寫日記時一定會先記下時間。例如：

「○月○日　晴天　七・○○PM」

也許有人認爲S小姐是在倉促之間將犯人的名字寫在日記上。這種可能性很小，因爲她是被人從後面襲擊，根本不可能還有寫字的時間。

公寓

公寓住宅可說是爲因應現代都會生活所產生的一種居住形態。

從各方面來說，有庭院式的住家才最適合人類居住。可是，現在想要在工作場所附近擁有這條件的住家，勢必在經濟上造成極大的負擔（當然，價值昂貴的高級公寓也爲數不少……）。

因此，只具有合理性而不提供舒適性的公寓，於是成爲受歡迎的焦點。

例如，若在遠離工作場所的郊外買房子讓家人居住，自己則在工作場所附近租套房，或者乾脆在都市內買一棟公寓做爲居家和作生意的場所。

不過，今後的公寓建造將因爲日照權的問題而越來越困難了。

22 甕中鱉！

秘密情報員Q是出了名的冒失鬼。現在他正被敵人的三位殺手追進了一棟建築物裡面。

當時已經是深夜，四下無人。Q死命地逃竄，不知不覺中卻跑到了一片寬廣的空地上來。

當Q正暗自竊喜已經可以擺脫殺手的追殺時，突然間周圍卻如同白晝地明亮起來。如此一來，Q反而變成目標明顯無處可逃。

那麼，這位冒失鬼的Q情報員到底是跑到了什麼地方呢？

哇！有片大草原！

答22

是有夜間照明設備的棒球場。

毒藥藏在那裡！

M先生和N先生是某小公司的合夥人，可是，由於公司生意一直不起色，兩人都認爲是對方的不是而意圖殺害對方。

有一天，M先生終於用攙有毒藥的咖啡毒殺了N先生。

當時的過程如附圖所示。

雖然N先生非常小心謹慎，但是最後還是難逃N的毒手。請問，M的奸計是如何得逞的呢……？

1
N氏
我們用同樣的杯子喝吧，以免你認爲我會在杯子裡面下毒。
2
M氏
很好喝
!

來吧，請用！
嗚！

答 23

用同一個杯子喝同一咖啡壺所倒出來的咖啡，但是先喝的M先生安然無恙，而後喝的N先生卻中毒而死，這到底是爲什麼呢……？

請注意水壺的蓋子。M給自己倒咖啡時壺蓋是開著的，而爲N倒咖啡時卻讓壺蓋和所倒出來的咖啡接觸。

你猜對了嗎？M是在壺蓋上塗上了毒藥。

毒藥

毒藥本來是用在醫學上的一種藥品。由於其具有強烈的藥效，於是就有人加以惡用。反過來說，越是有效的藥品，若是加以惡用反而會變成是一種毒品。

例如，鴉片和古科鹼等都是現代惡名昭彰的毒品。但是，這些東西卻具有擴張眼睛瞳孔的作用。所以，在白內障等外科手術中也是一種不可或缺的藥品。此外，這些藥品也具有暫時抑制疼痛的效果，所以也是治療腸糾結、嚴重膽結石等疾病時常用的藥。不過，由於這些藥品具有習慣性，如果長期服用，就會發生無法拒絕服用的後果。

另外，氫酸鉀也是一種頗具代表性的毒藥。然而即使是這種含有劇毒的氫酸鉀，也是工業上不可或缺的一種工業用藥品。

此外，巴拉松等農藥業以及一般用來消滅老鼠的無色無味藥品，也都屬於一種毒藥。

還有毒藥也可以從動植物等生物體上取得，像南洋土人所使用的毒箭就是在箭矢上塗上一種叫做托利卡得的植物。還有衆所周知的河豚魚，其體內也帶有可以致人於死的毒液。同樣是一種藥品的使用，將因使用者的心態而可以救人也可以害人。因此不可不慎。

24 老先生在那裡！

D老先生是一位愛花者，而且喜歡把花的種子送給人。換言之，在他身上隨時都帶著花的種子。

可是，有一天老先生突然失蹤了。時間一個月、兩個月地過去，到了隔年春天，本來滿片雜草的空地上卻長出了美麗的花朵。

其實，老先生早已遭人殺害，不過，老先生的屍體到底被藏在那裡呢？

第一章　偵探謎解

答24

老先生被殺之後屍體是埋在那片空地的地下。到了春天，帶在老人身上的那些花種子，就開始發芽長出地面並開出美麗的花朵。

25 那是什麼鑰匙呢？

今天F市舉行改制三十周年紀念的大博覽會。秘密情報員K計劃在該博覽會場內，將敵方根據地的鑰匙交給己方的同伴。

可是，當那位同伴夾在觀光客中進入會場時，突然，被好幾位男士包圍了。看見這幕情景的K非常緊張，一時之間以爲那位同伴是被敵方間諜逮住了。可是，仔細一看那位同伴卻不時地露出了笑容，而且包圍他的那些人也頻頻地向他道賀說「恭喜，恭喜！」後來，其中還有一位男士還交給那位同伴一隻鑰匙。

請問，到底這是發生了什麼事情

呢？又，本來要來向K拿鑰匙的那位同伴卻隨便接受了一隻來路不明、形狀完全不同的鑰匙，他會不會是一位雙面間諜呢？

祝

答 25

K的同伴剛好是該博覽會預定給予表揚的第一萬名參觀者。包圍他的那些人是F市的市長以及該市的官員，他所收到的一隻鑰匙一定是大而閃閃發光的「市之匙」。

博覽會

博覽會的功能是要將與人類生活息息相關的農業、工業、商業、水產等各種產業和各種專門的技術或學問等的研究廣泛地向一般人公開。前幾年日本也舉行過一次萬國博覽會而受到各方的矚目。

很令人意外的是，舉行博覽會並不是最近才有的事，據說最早的博覽會是一七五六年英國倫敦所舉行的。其後，歐洲各國也相繼效法。其中以在巴黎舉行的博覽會最爲有名。後來美國也不甘示弱地連續召開更大規模的博覽會。由於大家對博覽會的熱衷，後來便制定了有關博覽會問題的國際條約。

日本首次有作品參展的博覽會是巴黎博覽會。當時，西洋各國的參展品幾乎是有關蒸氣火車等器具，相對地，日本展出的卻只是傳統的陶瓷器工藝作品。西歐各國的工業發展情況對東方國家無異是一大刺激。

26 危險的小包裹！

國際刑警T不幸被間諜集團所捉。該間諜集團爲了製造一起恐怖事端，而向國際警察總署寄出了一件藏有炸彈的小包裹。

這個小包裹的表面貼滿了膠帶，而且爲了避免受到懷疑，小包上的文字全都是使用T刑警的筆跡……

現在，正當總署人員要打開這個小包的時候，突然接到T刑警打來的電話說：

「小包裡有炸彈！只要一打開就會發生爆炸！我把間諜集團的根據地用隱形墨水寫在最先貼下的那條膠帶下面……啊！」

接著電話中傳來一聲慘叫之後通話就斷了。或許奮力逃出的T刑警又被追上了吧！

現在最要緊的是趕緊找出間諜集團的根據地，準備營救T刑警。然而小包上亂七八糟地貼了一些膠帶（如圖所示），而且時間又是那麼緊迫，要如何才能判斷那一塊膠布是最先貼上去的呢？

請問你要如何找出這塊膠帶呢？

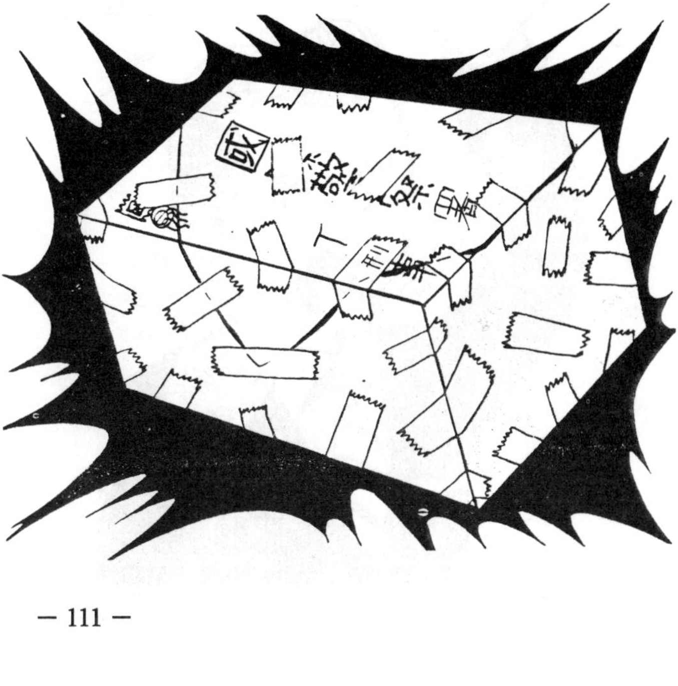

答26

在接觸面上灰塵最多的那塊膠帶就是最先貼上去的膠帶。

如圖所示，膠帶如果掛在膠帶座上的一定會被先使用，而且，這個部分一定會黏有灰塵或髒東西。

27 身邊的炸彈！

淑英小姐參加選美大會而榮獲后冠，由於她很喜歡沐浴，因此有人認爲她之所以能脫穎而出乃是因爲她那種清潔美受到賞識的緣故。

可是，也許是落選者的記恨，淑英小姐收到了一封恐嚇信。信中有一段話說：「嘿嘿嘿……請繼續洗澡吧，希望妳能變得更漂亮。不過，屆時也將是妳人生的結束！」

後來調查發現，嫌犯應該是在淑英小姐的身邊藏著一接觸信管就會引爆的炸彈裝置。

請問這顆炸彈是裝在附圖中的那一個地方或那一件器物裡面呢？

答 27

從恐嚇信上的文句可以得知該炸彈是不會馬上發生爆炸的，再加上淑英小姐又很喜歡洗澡。綜合這兩項線索就可以得知炸彈是藏在肥皂裡面……。

選美比賽

憧憬美麗事物是人類的本能。所以，即使不用列舉出埃及豔后克里奧佩托拉的例子，也可以知道各個時代的美人可以說都是吸引人們關心的一種象徵。

因此，從各種類型的美人當中來挑選美人的比賽，當然是自古有之，而且一點也不足爲奇。綜觀世界各國歷史，因其美貌以及浪漫傳奇的一生而名垂青史的美女不乏其人。例如埃及豔后克里奧佩托拉、中國的楊貴妃、法國的瑪麗·安德娃奴特等。

現在甚至有世界小姐選美大會，每年有許多來自世界各國的佳麗參加比賽，可是其中只有少部分人能脫穎而出，其審查標準之嚴格可見一斑。選美比賽並不只注重臉部的美麗和身材的健美而已，參賽者的內在美，如教養以及個性都有嚴格的要求。

我想各位讀者有玩過票選美女的經驗吧，例如在求學時候選班花、校花。不過，到底眞正的美女應該具備什麼樣的條件呢？我想這應該不是臉和身材的問題，而最重要的還是內在美吧。在此呼籲大家都能做個有內在美的人。

28 疑惑的遺產！

T先生是個平凡的上班族，因爲遠親中的一位長輩過世而獲得了一筆非常有價值的遺產。

而在這同時，T先生突然對繪畫產生了無比的狂熱，在短短的時間內，T先生那間才四疊半的房子裡面就掛滿了T先生的畫作。

請問，T先生爲什麼會做出這麼怪異的行爲呢？

又，T先生所獲得的遺產到底是什麼呢？

答28

T先生所獲得的遺產是價值連城的名畫。

他之所以在房子裡面掛滿自己的畫作，爲的是要掩飾那幅巨畫。如此一來，一般的小偷也不知道那一幅是眞正的名畫。

D國的拳擊好手在世界杯拳擊比賽中漂亮地擊敗對方，榮登世界拳王載譽歸國。

正當大家要爲D先生舉行慶祝遊行時，卻接到了一封恐嚇信。

恐嚇信這樣的寫著：

「你獲勝的那場比賽是事先和對手串通好的假比賽吧！在下雪的時候我將取你的狗命！」

不過，現在是仲夏時刻。這位企圖殺害D先生的殺手，是眞的要等到下雪的冬天才下手嗎？

答29

那是不可能的。殺手下手的時刻應該是D先生坐在禮車上遊行的時候。恐嚇信中所說的下雪應該是遊行時大家丟灑紙片對D先生表示歡迎、祝賀的情景。

這裡是戰鬥激烈的北非戰線。在沙漠中G軍官所駕駛的吉普車正好開上德軍所埋設的地雷上面。

現在，只要稍微移動就會馬上引爆地雷。

G軍官的手邊只有一條繩子，而且，他剛剛查出敵人戰車部隊的位置，而正急著要趕快通知己方的砲兵部隊。可是在這個時候即使他想拋棄車子步行也不可以，因爲，只要他一走下來，車身馬上失去平衡而引爆地雷。

請問，要怎麼辦才能度過這個難關呢？

答30

將身體往前俯臥在車身上，如圖所示地將繩子放置地雷的下方，然後

將地雷和輪胎緊緊綁在一起，接著讓車輪向後轉半圈，使地雷離開地面固定在輪胎上。這時候，人再離開車子，這樣地雷也不會引爆了。

地雷

地雷是將裝塡著炸藥的鐵罐埋在地下，讓敵人在不知不覺中去觸發其引爆裝置而受創的一種武器。在第二次世界大戰中，地雷被認爲是對付戰車最有效的武器。但是，現在因爲有了專門對付戰車的迫擊砲等武器，所以地雷已經有逐漸被淘汰的跡象。

地雷的起緣很早，據說是古代中國所發明的。到了明朝時代已經有了各式各樣的地雷。由於使用者和使用目的不同，地雷的種類也各異其趣。

〈觸發地雷〉 在炸藥管內裝置雷管，只要敵人一碰觸或踏到它時，撞針就會掉落下來而引爆。

〈投石地雷〉 先在地面上挖一道傾斜的坑洞，在其內裝入炸藥，然後在其上面堆積小石塊。等到敵人接近時再利用電力點火引爆，利用那些被炸開的小石塊，來殺傷敵人。

〈詭　雷〉 這又稱爲母子地雷。是在一個地雷中又裝有好幾個小型的流彈，當地雷爆炸時，這些小流彈就會射向四面八方，是一種具有強大威力的地雷。

〈對戰車地雷〉 在第二次世界大戰，是日本和義大利方面最常使用的對付戰車的地雷。這是由敢死隊冒死將它裝在戰車上並使之引爆以達到爆破戰車的目的。

第二章　找尋嫌犯的謎解

國際刑警正追捕某恐佈犯罪組織的幹部追到一個街角。

眼看著歹徒就要落網時，沒想到卻出了意外狀況。

這時候跳出了一隻兇猛的鬥犬。那條狗好像被人遙控操縱一般，不斷地對國際刑警的幹員們發動攻擊。結果被那位歹徒趁隙逃脫了。

不過，就在這個時刻，街上同時出現三個可疑人物。其中一位是恐佈組織的首領，就是他操縱猛犬來攻擊國際刑警的。

請問，那一位是恐佈組織的首領呢？他用什麼方法操縱狗？

答1

狗之類的動物可以聽到人類根本感覺不到的音波。如果用這種音波加以訓練控制的話，人根本無法查覺。有一種笛子能夠發出這種聲音，稱爲狗笛，因此，吹著笛子的那個人就是恐怖組織的首領。

狗笛（音波小常識）

在空氣中呈波形振動音率的就稱爲音波。

人的耳朵可聽的音波據說是從周期數二十到二萬之間的聲音。所謂周波數是表示一秒鐘內波形振動的數目。周波數在二萬以上的稱爲超音波。

音波和光一樣具有反射、曲折等性質。

同時，超音波在性質上幾乎和一般所聽到的音波相同。不過，超音波的特點是在空氣中比一般的音波所到達的距離較短。因此，並無法應用於通信。但是，由於超音波即使碰到任何障礙物也不會被吸收消音。

因此，常利用於水中的魚群探測器或潛水艇。

另外，超音波還具有在金屬片鑿洞的破壞作用，因此也應用在工業上，而醫學方面則使用於治療癌症的診斷器具。

2 電梯裡的殺人兇手！

這裡是美國的紐約。某財經界的大人物被人用手槍射殺在某大廈的頂樓。只知道該兇手是一名男子。

附圖是案發後電梯內的情景，兇手把手槍藏在身體的某處。即使檢查口袋也找不到手槍。

那麼，殺手到底是那一個人呢？

答2

電梯裡有一個戴著帽子的男人吧。那個男人正是殺手。

美國或歐洲在室內碰到女士時，禮貌上應該把帽子拿掉。這個男人之所以沒有把帽子拿掉，乃是因爲裡頭藏著手槍。

卡山先生是個大富翁，住在大宅邸裡。

但是，有一天下完雨後卡山先生被人發現橫屍在花壇旁，這似乎是一宗殺人案件。兇手可能是這棟大宅府的人。不久，出現下面三個可疑的嫌疑犯。

另外，現場發現似乎是兇手所留下的足跡，因此，根據同樣的條件也調查這三個人的足跡。

次圖就是這三人所留下的足跡。

那麼，眞兇到底是誰呢？

淺而大

一般
Ⓐ執事
Ⓑ園丁
大而深
Ⓒ廚師
小而淺

答3

從鞋跡的大小與深度來看，兇手所留下的足跡應該是大而淺。

那麼，可能是瘦小的男人穿著一雙大皮鞋所留下的痕跡。三個嫌疑犯中身材最瘦小的是C的廚師，所以，他正是兇手！

足跡

命案現場所留下的足跡往往成爲掌握兇手的有力證據。

那麼要如何採集足跡呢？方法是把石膏倒進印在地面上的足跡凹痕處，事後即可得到足跡的模型。

由於科學搜查方法的發達，最近已經可以找到肉眼看不到的足跡，亦即潛在足跡。

其方法是使用帶有磁力的金屬粉，利用靜電作用的原理以取得肉眼無法看見的足跡的模型。

此外，科學搜查還能提供警方許多掌握兇手的有利線索。

譬如，以縱火的情況爲例，一般縱火所使用的是汽油。如果警方使用採樣做化學分析，立即就能發現是使用汽油的縱火。據說還能夠準確地測出是何種油。

另外，盜取汽車或摩托車時，竊犯爲了躲避警方的偵察，會把引擎的號碼消掉。

碰到這種情況，科學搜查也能發揮效率。即使將引擎的號碼消除，也無法除去刻號碼時在金屬內部所留下的凹痕。那麼，如何知道肉眼所無法看見的引擎號碼呢？

聽說是在金屬上沾些藥品，根據引擎內部凹陷的折光程度，即能清楚地掌握引擎的號碼。

4 詭譎的殺人案件！

在電影院售票的Ａ小姐突然喜從天降。因爲，一個遠親留給她數億元的遺產。

但是，不久Ａ小姐卻被發現橫屍在售票亭裡。

她是中毒而亡。當然，毫無疑問的這是宗凶殺案，然而，只有伸手到窗口的Ａ小姐的手並沒有留下任何傷痕。

附圖的三人中有一人是覬覦Ａ小姐遺產的兇手，請問是那一個人？

答4

既然找不到傷口一定是被毒針或某種細微的東西刺到了手掌。那麼，戴著戒子的男人最可疑。他一定是在戒子上安裝毒針。

在明莊公寓的一樓住著一個發明狂的P老人。但是，由於最新發明的製品的糾紛，而被某個親戚所殺。

案發現場的狀況如圖所示，丟進房內擊破玻璃窗的小石塊似乎是兇手的偽裝手法，另外，P老人身強力壯，似乎在房間內曾經和兇手格鬥過。

那麼，三個親戚中那一個是眞兇？

答5

兇手是C。C在房間和老人格鬥時，眼鏡被摔破。他爲了掩飾眼鏡的碎片，而故意擊破玻璃窗以避免被人察覺眼鏡的碎片。

僞裝手法

僞裝手法是兇手做奸犯科時爲了自己脫罪或把罪過推給他人所進行的各種矇騙方法。

例如，兇手在案發時分明在現場，卻以各種方法僞裝自己的不在場證明，或矇混所使用的兇器。

但是，現實中所發生的案件，能順利矇混警方搜查的僞裝，事實上少之又少。所以，所謂完美的僞裝工作，事實上似乎只出現在懸疑小說或電影等虛構的世界裡。

那麼，接著就爲各位介紹小說中經常使用的僞裝手法。

①以乾冰做兇器，當行兇後兇器自然消失。

②綁架案件中歹徒拿取贖金時，命令被害者的家屬從行駛中的列車將贖金丟下來。

③把死者陳屍房間的溫度利用冷氣冷卻，使屍體腐敗緩慢，矇混死亡推斷時間。

④在牛奶瓶中以注射器放毒，以避免留下打開瓶蓋的痕跡。

以上所介紹的只是其中幾個手法而已。不過，希望爲非作歹時的僞裝工作只存在虛構的世界裡！

6 逮捕爆破狂！

這裡是國際科學研究所。所裡有許多國家的機密資料、器具等。

在世界各地秘密結社的糾比集團向研究所威脅，支付十億美元，否則將放炸彈炸毀研究所。

他們似乎將使用高性能的炸藥，結果在研究所的附近逮捕三位可疑的男人。

這三個人當中有一個正是打算爆破研究所的男人。

那麼……兇手到底是誰呢？如果能找到藏放的高性能炸藥，事情即可迎刃而解。

答6

三個人身上似乎都沒有隱藏炸藥的場所。但是，較可疑的是裝顏料的管子。

因爲，可以把炸藥裝做成黏糊狀塞在顏料的管子裡，因此，打算炸掉研究所的是業餘畫家的A。

第三章　常識謎解

1 可憐的鐘錶店！

有一個打扮非常入時的紳士走進一家鐘錶店，然後買了一個價值七百元的時鐘而拿一千元的鈔票給老闆。

老闆碰巧沒有零錢，於是到隔壁的文具店換零鈔後再把餘款三百元還給紳士。但是，事後發現那張一千元鈔票是僞鈔。

因此，鐘錶店的老闆趕緊還給文具店老闆一千元。

那麼，這個可憐的鐘錶店老闆到底損失了多少錢？

一千元
一千元
百元
一千元

答1

這問題如果想得太複雜就想不清楚。首先我們找出損失的人以及獲利的人和沒有利害得失的人，損失的金額和獲利的金額必須一樣。

文具店老闆換給鐘錶店老闆一千元的零鈔，最後又獲得一千元的賠償，所以並沒有損失。而那位紳士拿了一個價值七百元的時鐘，還拿到三百元的找錢，所以獲利一千元。因此，鐘錶店的老闆應該損失一千元。

貨品（ 700 元）
一頭霧水
零錢
百元
鐘錶店老闆
損失一千元

我拿到一千元的賠償所以沒有利害得失
一千元

2 識多見廣的叔叔……！

欣宜的叔叔是個大好人。唯一的缺點是喜歡老王賣瓜自賣自誇。

欣宜今天聽叔叔的談話，又覺得其中有可疑之處。那麼，你知道叔叔所說的那一個是正確，那一個是錯誤的嗎？

①被有劇毒的眼鏡蛇咬到時人會沒命，但是，如果眼鏡蛇咬到同伴的眼鏡蛇時，情況會如何呢？牠們是同一種的動物，並不會死亡。

②身上有斑馬線條的斑馬到底是黑底白線條或白底黑線條？當然是黑底白線條囉！

③把番茄插枝在馬鈴薯的枝上，

地上可收成番茄，地底下則可採到馬鈴薯喔……。這可是眞的喔！

答2

①被咬到的眼鏡蛇也會死亡。
②事實上是黑底白條的斑馬。
③這是眞的。

接木

最近興起一股園藝的風潮，似乎是在和冷淡無情的機械文明相對抗。接木是園藝的技術之一。

據說接木技術自古以來在東洋各地相當盛行。不過，這種說法並無確證。其方法又分爲切接法、舌接法、橋接法、割接法、芽接法等多種。

同時，並不是任何同種植物都可以做接木繁殖。這多少和輸血時人的血型之間的相容性有點類似。

較爲人所熟悉的接木組合是八重櫻和山櫻、玫瑰和牡丹、橘子和柚子等。而較有趣的組合是西瓜和杏仁、甘薯和牽牛花等。

那麼，爲何不撒種讓植物開花結果而採取接木的方法呢？

因爲，目前我們所栽培的植物很多都是長期以來由不同種類所混合的雜種。這些植物有些是無法靠撒種來繁衍的。而只能利用接木或插枝的方法。

接木的方法是割取將做爲母樹的植物的樹根，以直立的方向切割做一個切口。然後把將做爲接木的植物的小枝稍微削尖，插在母樹的切口上。再用繩子綁住接合的部分使其固定，然後在上頭覆蓋泥土，只露出小枝的前端就完成了。

這世上有許多令人意想不到的事。那麼，下面的情況你是否辦得到呢？

課程1

在雞尾酒玻璃杯中把十元硬幣和一元硬幣上下重疊後放在杯內，您是否可在不動手碰觸這兩個硬幣及玻璃杯的限制下將一元硬幣拿出來呢？

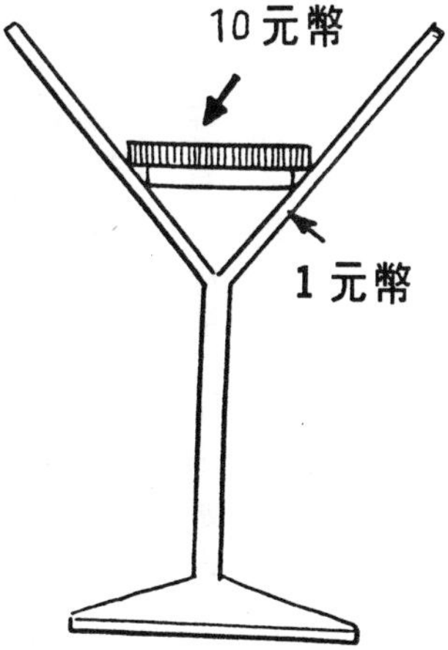

課程2

在玻璃杯內放一塊四角形的冰塊，您是否可以用一條細繩子把這塊冰塊釣起來呢？

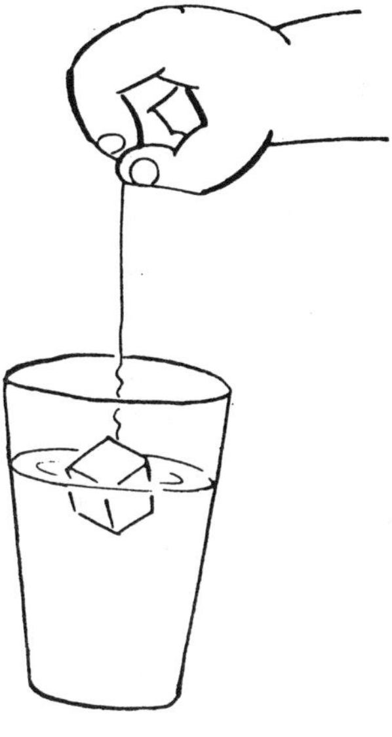

課程3

這裡有一條繩子，您是否可以利用這條繩子釣起酒瓶呢？

課程4

如圖所示，把兩個酒杯重疊在一起，您是否可以不移動上面的玻璃杯而將酒倒到下面的玻璃杯呢？

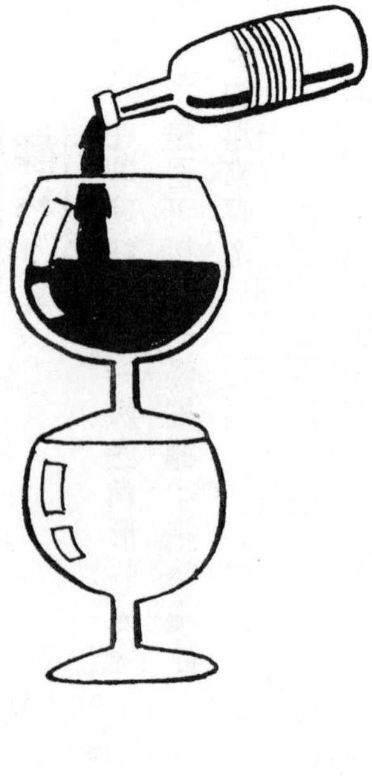

課程5

準備一張細長的紙片上留一個小洞並在洞口上方劃出兩道隙縫。將一條兩端各綁著一個中空的圓鐵片的線，如圖所示地穿插好。

紙上的小洞比圓鐵片還小，那麼，您是否可以在不撕破紙張的條件下而把線拉出來呢？

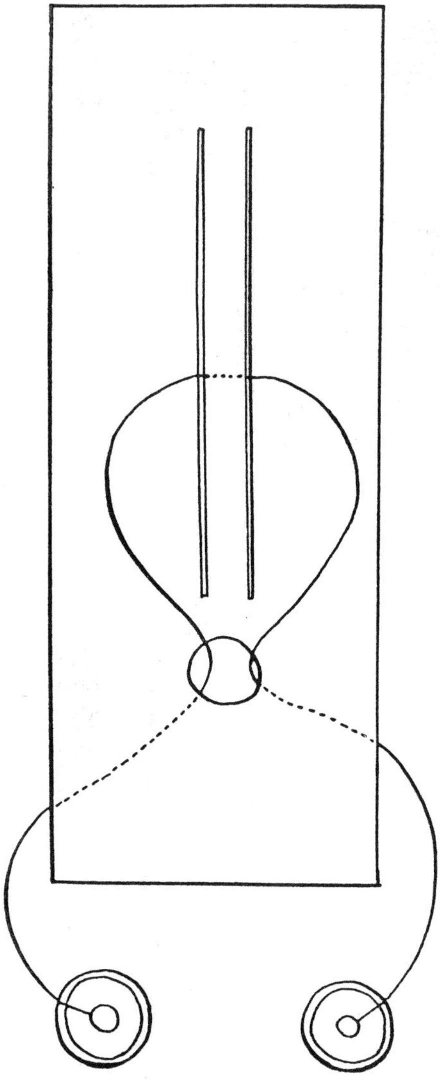

答3

課程1

從高腳杯上頭往杯底吹氣時，十元硬幣會上下反轉，而把一元硬幣擠出杯外。

課程2

在冰塊上灑一把鹽，然後把細線垂到冰塊上，立即會黏住冰塊，就可釣上來了。

課程3

把紙張揉成一團放在酒瓶裡，再垂下一條細線，把酒瓶倒轉時，紙團和細線會夾在瓶頸，這時就可拉著細線把酒瓶釣起來。

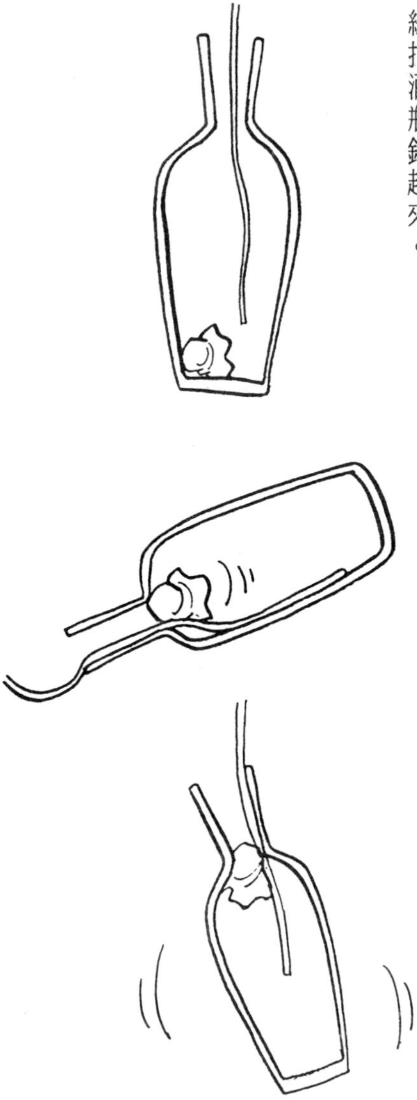

課程4

只管從上面的杯子注酒，當上面的玻璃杯注滿時會延著玻璃杯外側流進下面的玻璃杯內。

課程5

依圖的方式。

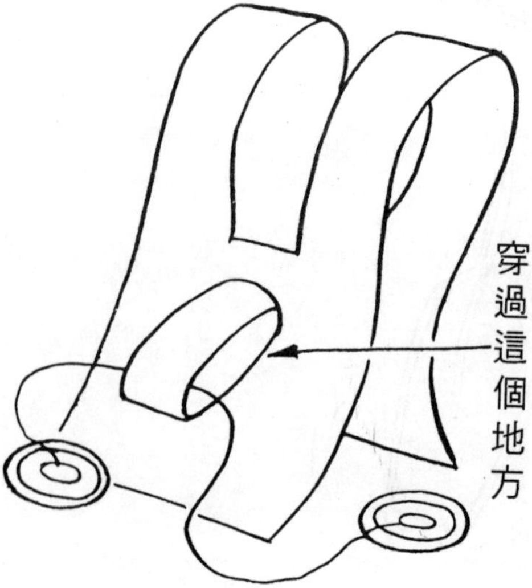

4 啄木鳥的習性！

你是否曾經替小鳥築巢呢？

據說充滿幽默感的啄木鳥在樹幹上拼命的啄擊，是爲了要製造自己的窩，這是眞的嗎？

答4

錯的，那是爲了啄食躲藏在樹幹中的昆蟲。

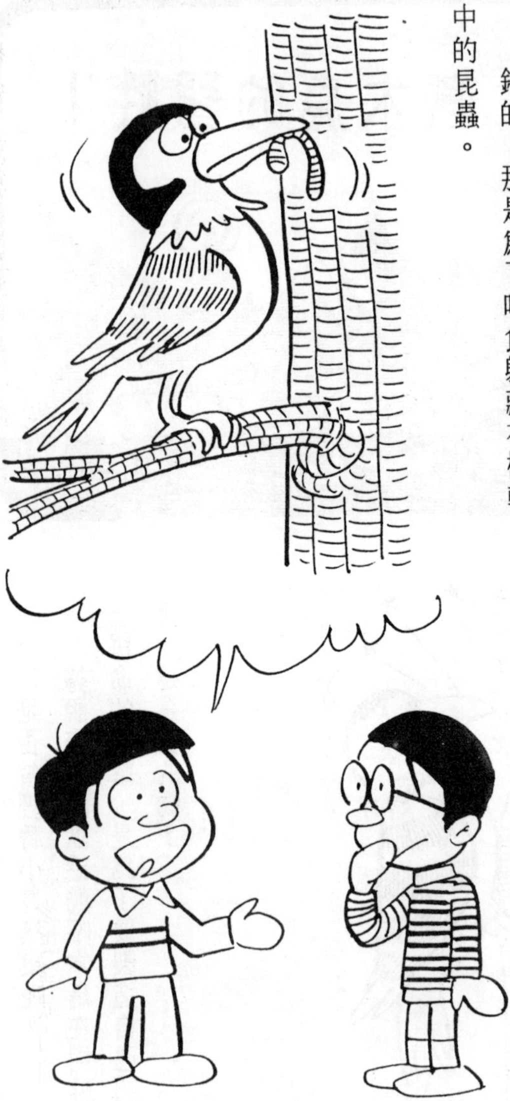

愛鳥週

由於環保意識地提升，目前世界各國為了保護野鳥而盛行所謂的「愛鳥週」（BIRD・WEEK）。

而在日本五月份也有一個愛鳥週。

由於文明的進步，大自然漸漸遭到破壞，野鳥、野生動物等幾乎相繼面臨絕種的危機。事實上已經有不少的鳥類、動物因為文明發達所造成的副作用而在世上絕跡了。

以日本的豬、鹿為例，目前是世界上碩果僅存的動物。在其他各國也有許多瀕臨絕種而變成珍禽異獸的動物。試想某一種動物突然從世上完全消失，是多麼地令人惋惜與可怕啊！人類為所欲為而造成的自然破壞應立即停止。

同時，人類對於鳥類也抱有錯誤的觀念。

譬如肉食性的鳥是壞鳥或麻雀會偷吃米粒而把牠當成害鳥，事實上由於害蟲所造成稻穀的損害，遠比麻雀偷吃田埂稻穀的分量要多得多。如果麻雀不吃害蟲，稻穀的受損情況更為嚴重。所以，麻雀也應該是益鳥。

5 如何分配土地……！

大地主秋雄先生傷透了腦筋，他很想避免紛爭，把如圖所示的土地公平地分給三個孫子。

當然，是同樣的形狀、同樣的大小。

那麼，請各位替秋雄先生想想辦法吧。

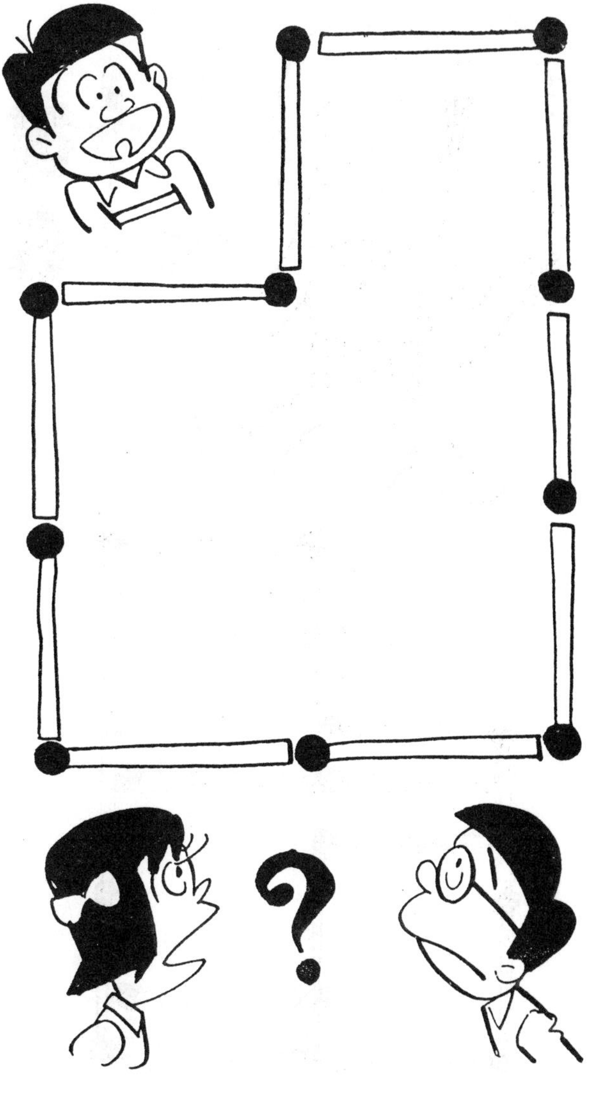

答5

依圖的方式分配。

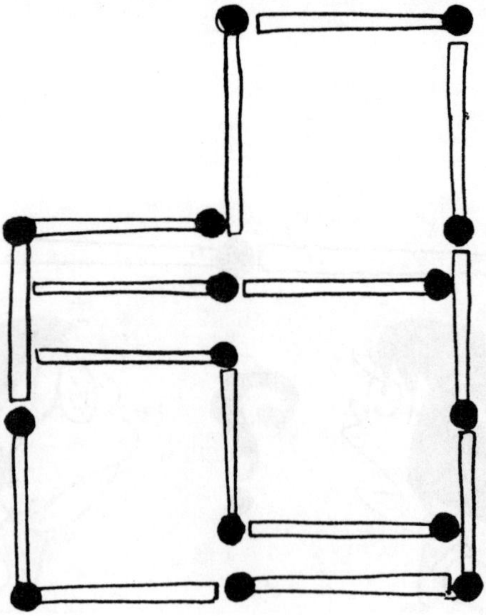

據說猴子的體毛只比人少三根。猴子的種類有許多，個個機伶乖巧。那麼，下面數種猴子的族群中，有站著走路習慣的是那一種？

①大猩猩（Sorilla）。

②長臂猿。

③非洲小猩猩（Chimpanzee）。

④蘇門答臘巨猿。

答6

只有②才有站著走路的習慣！

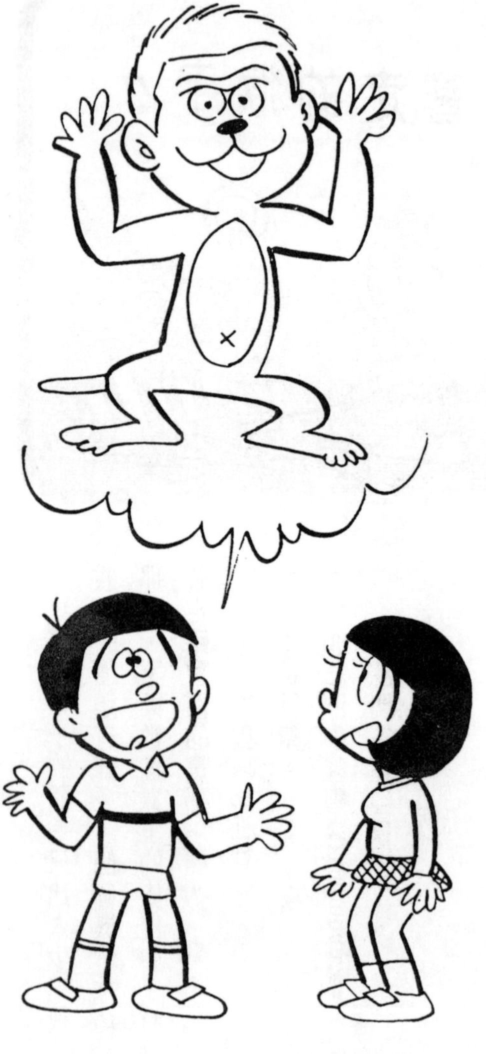

某個颱風夜，科學研究所被盜取一分重要的文件。

似乎是被喬裝成研究員的間諜夾帶出去的。但是，卻不知道他是從何處逃走。

不過，某房間的玻璃窗上卻發現有疑似被颱風吹起的小石撞破而留下圖示的裂痕。事實上間諜正是從這個窗口逃走，請推測其中的理由。

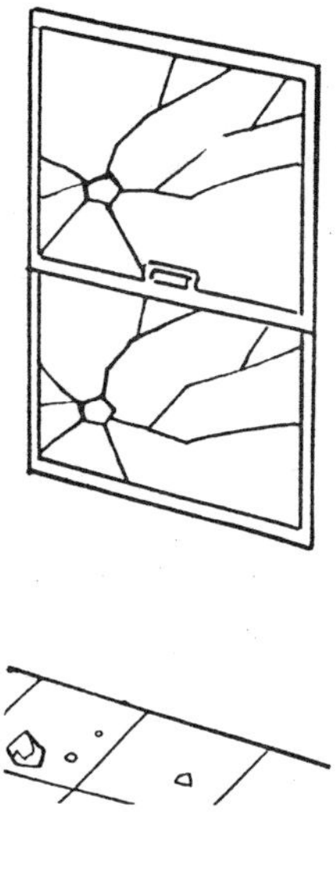

答7

窗戶呈上下的形狀，但是，上下玻璃窗的裂痕卻一樣。

這表示上下玻璃窗重疊時，亦即窗子打開時，曾被小石頭擊穿。

這時也正是間諜打開窗戶正要逃走的時候。因爲既然是颱風天，窗戶不可能打開。

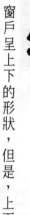

颱風

主要是發生在南太平洋的一種熱帶性低氣壓，襲擊日本、中國大陸、東南亞各國的暴風雨，稱爲颱風。

與颱風類似的有，發生在墨西哥灣或加勒比海的颶風，以及發生在印度孟加拉灣的熱帶低氣壓。

不過，至今尚無法明確地掌握颱風發生的原因。據說可能是空氣中的溫度因海面上水蒸氣的熱度而高脹，慢慢形成漩渦狀的氣流而逐漸發展成巨大的颱風。

日本幾乎每年都有颱風侵襲。日本從一九五三年以後，把一年內所發生的颱風依序做編號稱呼，所以有一號颱風、二號颱風的稱呼。

襲擊日本的大颱風

室戶颱風　一九三四年從四國室戶海岸登陸，是歷史上著名的大颱風。

伊勢灣颱風　一九五九年由紀伊半島登陸，對愛知、岐阜、三重造成極大的損害，是日本史上最大的颱風。據說損失總額高達五千億元以上，死者、行蹤不明者高達五千名以上。

禁止右轉！

阿雄和哥哥出外遊戲，回到家裡附近時，哥哥說：

「阿雄，從這裡開始只能左轉，如果你可以回到家就給你一直想要的汽車模型！」

阿雄：「眞的……！但是……」

那麼，該怎麼走呢？不過，附圖右角有一隻阿雄最害怕的狗，所以，那個地方可不能通過哦！

阿雄的家

答8

依下面的方式即可回到家！

9 糖果有幾顆……!?

太郎和次郎兩兄弟雙手都拿著幾顆糖果。如果太郎把手上的一顆糖果給次郎，太郎和次郎手上糖果數目就一樣，相反地，如果次郎給太郎一顆糖果，太郎手上的糖果就等於次郎的兩倍。

那麼，太郎和次郎手上各拿幾顆糖果？哥哥太郎拿的糖果比弟弟次郎多喔！

答9

太郎七顆、次郎五顆。

九個島！

海賊基特以九個島爲基地。有一天，他決定用橋將各島連接起來，現在只剩兩座橋就可全數完工。不過，他希望作戰時到任何一個島上去都能不必渡三座以上的橋。

那麼，剩下的兩座橋應該架在那個島上？

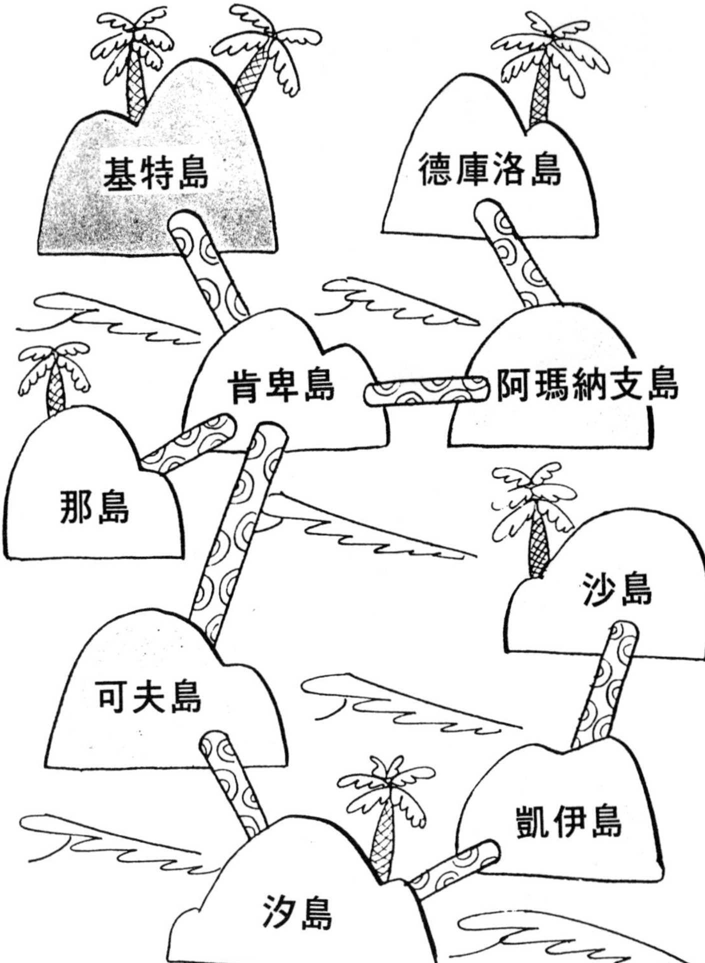
基特島
德庫洛島
肯卑島
阿瑪納支島
那島
沙島
可夫島
凱伊島
汐島
所剩下的橋

答 10

從阿瑪納支島分別架橋到沙島和凱伊島。

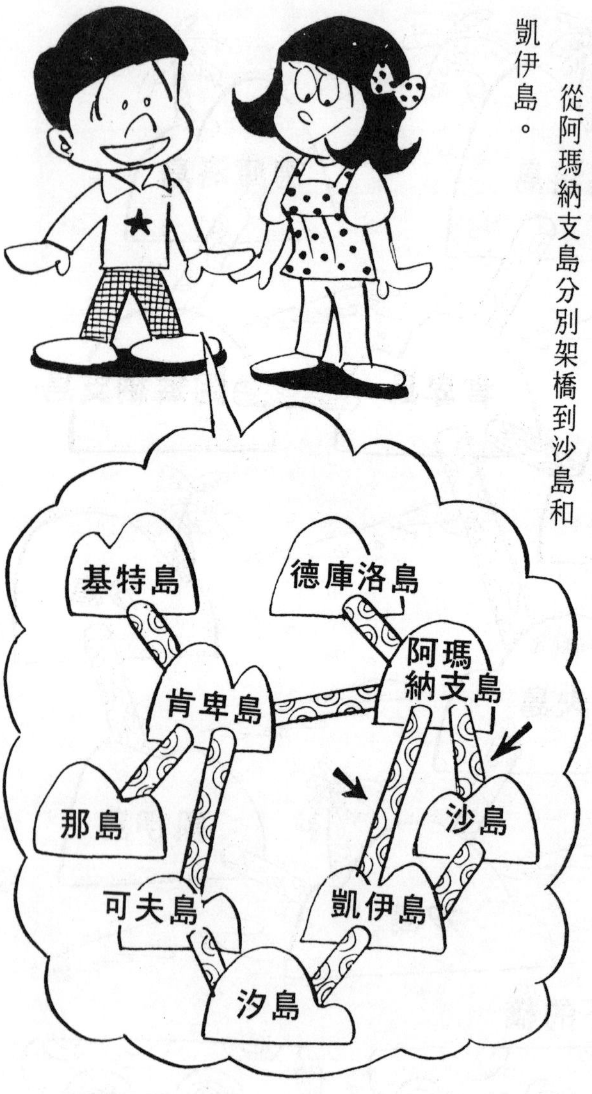

據說人的大腦中有許多皺摺，皺摺越多腦筋越好。

那麼，如果把這些皺摺拉開成一平面時，到底可拉到多大呢！請從下面三個答案中選出一個正確答案來！

①大約是教科書兩頁的寬幅。

②大約是一般報紙兩張的寬幅。

③正好和四疊半的房間一樣大小。

答 11

正確答案是②。沒想到有這麼寬大吧。你是否下一跳了！

大腦

從側面把人的腦畫分爲上下兩部時，上半部稱爲大腦。

人的大腦非常大，佔居腦髓的三分之二，由終腦、間腦、中腦等三部分形成。

脊髓動物的腦的構造基本上是相同的。不過，腦可以說是一切精英的集錦。因此，常使用的部分會顯著地發達，而不使用的部分則日漸退化。

大腦中各部分的功效以位在前面的前頭葉而言，是執行計劃、推理、思考事務的功能。而在側邊的側頭葉則是記憶事物、理解語言、察覺氣味。至於後面部位的後頭葉，主要的功能是發揮視覺的效果。

腦的大小、重量或皺摺的數目和該生物的智能程度毫無關係。

人腦之大連鯨魚也無法比擬，不過海豚腦內的皺折數則比人類多。

12 姐姐今年幾歲….？

定男的姐姐嘆息地說：

「啊……，不久我就不是十幾歲的人了。」

定男和姐姐差五歲，九年前定男的年紀剛好是姐姐的一半。

那麼，定男和姐姐現在是幾歲？

=5

答12

定男是十四歲，姐姐是十九歲。

13 招魂的硬幣！

Ｙ先生是著名的硬幣收藏家，但是，有一天被前來盜取錢幣的盜匪殺死了。死因是被鈍器擊斃。

據說Ｙ先生最後遺留一句話是：「硬幣……硬幣……」

那麼，兇手到底是使用什麼兇器呢？

答13

兇手是前往盜取硬幣，所以，當然是把盜取的硬幣放進布袋裡偷走。

不幸的是，當竊犯正要逃走時碰到了Y氏。因此，歹徒一定是用裝著硬幣的布袋當做棒鎚毆打Y先生！

硬幣

硬幣和郵票都是人們所喜愛的收藏對象。

收集年代久遠而有價值的硬幣或外國的珍奇硬幣的確是一種樂趣。

珍奇的硬幣在營利上遠比郵票更有增值的可能性。不過，收集古硬幣可沒想像中的簡單哦！

所以，應該認識硬幣所使用的年代或硬幣發行國的歷史等等。收集硬幣時最好選定一個目的。例如，收集紀念幣或只印有同一個肖像的硬幣等，這是收集硬幣的入門法之一。

收集硬幣的有趣之處是即使是現在通行的錢幣，經過數年後就價值就會增漲。以下列舉日本的舊硬幣的發行年代及其個數。

①昭和33年50元・無孔（1800萬枚）　市價三百元～五百元

②昭和34年50元・有孔（2390萬枚）　市價二百元～三百元

③昭和35年50元・有孔（600萬枚）　市價一千七百元～二千三百元

④昭和36年50元・有孔（1600萬枚）　市價三百五十元～五百元

⑤昭和32年10元・有紋飾（5000萬枚）　市價五十元～一百元

⑥昭和33年10元・有紋飾（2500萬枚）　市價一百五十元～三百五十元

14 危險的吊橋！

一個男人拿著一條巨大的鐵鍊來到懸掛在某溪谷上的一座古老吊橋前。但是，傷腦筋的是如果這個男人獨自過橋，橋倒勉強可以支撐，可是，如果拿著那條巨大的鐵鍊一起渡橋時，橋上會發出伊伊呀呀的聲音，可能會有斷落的危險。但是，他卻不能把鐵鍊留下而獨自過橋。

那麼，該如何才能渡過這座吊橋呢？

答 14

只要拖著鐵鍊走就行了。如此一來鐵鍊的重量會分散就不會使橋斷裂。

小茂哥在一家員工不到十人的小工廠工作。

有一天，工廠發生了罷工事件，員工打算在工廠的空地舉標語遊行。小茂哥當時站的前面有八個工人，後面也有八個工人。

咦！這個工廠員工不是不到十人嗎？這到底是怎麼回事？

答15

他們是繞著圓圈遊行。因此，員工的人數加上小茂哥總共是九人！

216

罷　工

各位小朋友是否曾經父母不給你零用錢而故意把父母交待的事置若罔聞呢？從某個觀點來看，這也可以說是一種罷工吧。

所謂罷工是指勞動者彼此同心協力貫徹自己的要求（譬如要求資方提高薪資），而暫時地停止公司方面所交待的工作。

罷工因其目的可分爲下列數種：

〈經濟罷工〉

由於薪資過低或勞動條件不好所進行的罷工。

〈同情罷工〉

爲了協助其他公司所進行的罷工而在自己公司也舉行罷工。

〈全體罷工〉

是比一般的罷工規模更大的罷工。有時會造成全國陷入癱瘓的狀態。

〈部分罷工〉

並非公司全體舉行罷工，而是公司的部分人員採取罷工的行動。

〈山貓罷工〉

這是指勞動工會的部分人擅自舉行罷工。罷工雖然被法律認可，不過，應該也要注意與關係者以外的協調。

16 奇怪的算術！

您喜歡算術嗎？這裡有一道奇怪的算術問題。

什麼情況會有二九加三等於一、等於二、等於三呢？眞的有這回事嗎

29 + 3 = 1
29 + 3 = 2
29 + 3 = 3
?

答16

請看日曆上的日期吧。二十九日的三天後是翌月的一日（大月三十一日），三天後是翌月的二日（小月三十日）。三天後是翌月的三日了（二月）。

17 奇異的貼紙！

這裡有一條貼紙，請問，是否可以在這條貼紙的表裡用毛筆畫一條直線呢？

不過，不可從貼紙表面的外緣畫到裡側喔！

那麼，請你試看看！

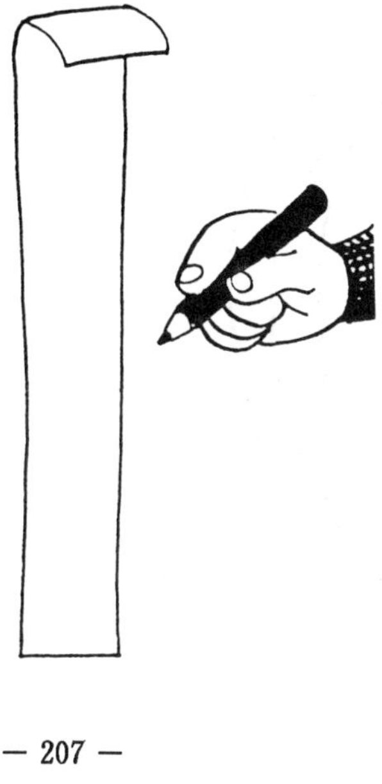

答17

把紙膠帶扭轉一下再把兩端黏起來，延著圓圈畫線就行了。你瞧，不是辦到了嗎。

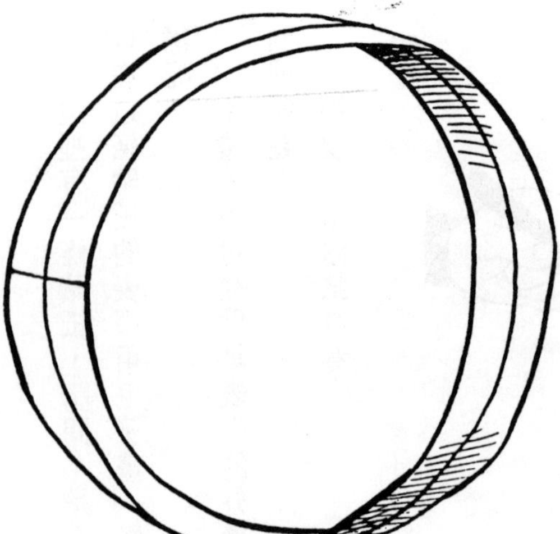

大展出版社有限公司 圖書目錄

地址：台北市北投區(石牌)
致遠一路二段 12 巷 1 號
郵撥：0166955～1
電話：(02)28236031
28236033
傳真：(02)28272069

・法律專欄連載・電腦編號 58

台大法學院 法律學系／策劃
法律服務社／編著

1. 別讓您的權利睡著了 [1]		200 元
2. 別讓您的權利睡著了 [2]		200 元

・秘傳占卜系列・電腦編號 14

1. 手相術	淺野八郎著	180 元
2. 人相術	淺野八郎著	150 元
3. 西洋占星術	淺野八郎著	180 元
4. 中國神奇占卜	淺野八郎著	150 元
5. 夢判斷	淺野八郎著	150 元
6. 前世、來世占卜	淺野八郎著	150 元
7. 法國式血型學	淺野八郎著	150 元
8. 靈感、符咒學	淺野八郎著	150 元
9. 紙牌占卜學	淺野八郎著	150 元
10. ESP 超能力占卜	淺野八郎著	150 元
11. 猶太數的秘術	淺野八郎著	150 元
12. 新心理測驗	淺野八郎著	160 元
13. 塔羅牌預言秘法	淺野八郎著	200 元

・趣味心理講座・電腦編號 15

1. 性格測驗① 探索男與女	淺野八郎著	140 元
2. 性格測驗② 透視人心奧秘	淺野八郎著	140 元
3. 性格測驗③ 發現陌生的自己	淺野八郎著	140 元
4. 性格測驗④ 發現你的真面目	淺野八郎著	140 元
5. 性格測驗⑤ 讓你們吃驚	淺野八郎著	140 元
6. 性格測驗⑥ 洞穿心理盲點	淺野八郎著	140 元
7. 性格測驗⑦ 探索對方心理	淺野八郎著	140 元
8. 性格測驗⑧ 由吃認識自己	淺野八郎著	160 元
9. 性格測驗⑨ 戀愛知多少	淺野八郎著	160 元
10. 性格測驗⑩ 由裝扮瞭解人心	淺野八郎著	160 元

11. 性格測驗⑪ 敲開內心玄機　淺野八郎著　140元
12. 性格測驗⑫ 透視你的未來　淺野八郎著　160元
13. 血型與你的一生　淺野八郎著　160元
14. 趣味推理遊戲　淺野八郎著　160元
15. 行為語言解析　淺野八郎著　160元

・婦 幼 天 地・電腦編號 16

1. 八萬人減肥成果　黃靜香譯　180元
2. 三分鐘減肥體操　楊鴻儒譯　150元
3. 窈窕淑女美髮秘訣　柯素娥譯　130元
4. 使妳更迷人　成　玉譯　130元
5. 女性的更年期　官舒妍編譯　160元
6. 胎內育兒法　李玉瓊編譯　150元
7. 早產兒袋鼠式護理　唐岱蘭譯　200元
8. 初次懷孕與生產　婦幼天地編譯組　180元
9. 初次育兒12個月　婦幼天地編譯組　180元
10. 斷乳食與幼兒食　婦幼天地編譯組　180元
11. 培養幼兒能力與性向　婦幼天地編譯組　180元
12. 培養幼兒創造力的玩具與遊戲　婦幼天地編譯組　180元
13. 幼兒的症狀與疾病　婦幼天地編譯組　180元
14. 腿部苗條健美法　婦幼天地編譯組　180元
15. 女性腰痛別忽視　婦幼天地編譯組　150元
16. 舒展身心體操術　李玉瓊編譯　130元
17. 三分鐘臉部體操　趙薇妮著　160元
18. 生動的笑容表情術　趙薇妮著　160元
19. 心曠神怡減肥法　川津祐介著　130元
20. 內衣使妳更美麗　陳玄茹譯　130元
21. 瑜伽美姿美容　黃靜香編著　180元
22. 高雅女性裝扮學　陳珮玲譯　180元
23. 蠶糞肌膚美顏法　坂梨秀子著　160元
24. 認識妳的身體　李玉瓊譯　160元
25. 產後恢復苗條體態　居理安・芙萊喬著　200元
26. 正確護髮美容法　山崎伊久江著　180元
27. 安琪拉美姿養生學　安琪拉蘭斯博瑞著　180元
28. 女體性醫學剖析　增田豐著　220元
29. 懷孕與生產剖析　岡部綾子著　180元
30. 斷奶後的健康育兒　東城百合子著　220元
31. 引出孩子幹勁的責罵藝術　多湖輝著　170元
32. 培養孩子獨立的藝術　多湖輝著　170元
33. 子宮肌瘤與卵巢囊腫　陳秀琳編著　180元
34. 下半身減肥法　納他夏・史達賓著　180元
35. 女性自然美容法　吳雅菁編著　180元
36. 再也不發胖　池園悅太郎著　170元

37. 生男生女控制術	中垣勝裕著	220 元
38. 使妳的肌膚更亮麗	楊　皓編著	170 元
39. 臉部輪廓變美	芝崎義夫著	180 元
40. 斑點、皺紋自己治療	高須克彌著	180 元
41. 面皰自己治療	伊藤雄康著	180 元
42. 隨心所欲瘦身冥想法	原久子著	180 元
43. 胎兒革命	鈴木丈織著	180 元
44. NS 磁氣平衡法塑造窈窕奇蹟	古屋和江著	180 元
45. 享瘦從腳開始	山田陽子著	180 元
46. 小改變瘦 4 公斤	宮本裕子著	180 元
47. 軟管減肥瘦身	高橋輝男著	180 元
48. 海藻精神秘美容法	劉名揚編著	180 元
49. 肌膚保養與脫毛	鈴木真理著	180 元
50. 10 天減肥 3 公斤	彤雲編輯組	180 元
51. 穿出自己的品味	西村玲子著	280 元

・青 春 天 地・電腦編號 17

1. A 血型與星座	柯素娥編譯	160 元
2. B 血型與星座	柯素娥編譯	160 元
3. O 血型與星座	柯素娥編譯	160 元
4. AB 血型與星座	柯素娥編譯	120 元
5. 青春期性教室	呂貴嵐編譯	130 元
6. 事半功倍讀書法	王毅希編譯	150 元
7. 難解數學破題	宋釗宜編譯	130 元
9. 小論文寫作秘訣	林顯茂編譯	120 元
11. 中學生野外遊戲	熊谷康編著	120 元
12. 恐怖極短篇	柯素娥編譯	130 元
13. 恐怖夜話	小毛驢編譯	130 元
14. 恐怖幽默短篇	小毛驢編譯	120 元
15. 黑色幽默短篇	小毛驢編譯	120 元
16. 靈異怪談	小毛驢編譯	130 元
17. 錯覺遊戲	小毛驢編著	130 元
18. 整人遊戲	小毛驢編著	150 元
19. 有趣的超常識	柯素娥編譯	130 元
20. 哦！原來如此	林慶旺編譯	130 元
21. 趣味競賽 100 種	劉名揚編譯	120 元
22. 數學謎題入門	宋釗宜編譯	150 元
23. 數學謎題解析	宋釗宜編譯	150 元
24. 透視男女心理	林慶旺編譯	120 元
25. 少女情懷的自白	李桂蘭編譯	120 元
26. 由兄弟姊妹看命運	李玉瓊編譯	130 元
27. 趣味的科學魔術	林慶旺編譯	150 元
28. 趣味的心理實驗室	李燕玲編譯	150 元

29. 愛與性心理測驗	小毛驢編譯	130 元
30. 刑案推理解謎	小毛驢編譯	130 元
31. 偵探常識推理	小毛驢編譯	130 元
32. 偵探常識解謎	小毛驢編譯	130 元
33. 偵探推理遊戲	小毛驢編譯	130 元
34. 趣味的超魔術	廖玉山編著	150 元
35. 趣味的珍奇發明	柯素娥編著	150 元
36. 登山用具與技巧	陳瑞菊編著	150 元
37. 性的漫談	蘇燕謀編著	180 元
38. 無的漫談	蘇燕謀編著	180 元
39. 黑色漫談	蘇燕謀編著	180 元
40. 白色漫談	蘇燕謀編著	180 元

・健康天地・電腦編號 18

1. 壓力的預防與治療	柯素娥編譯	130 元
2. 超科學氣的魔力	柯素娥編譯	130 元
3. 尿療法治病的神奇	中尾良一著	130 元
4. 鐵證如山的尿療法奇蹟	廖玉山譯	120 元
5. 一日斷食健康法	葉慈容編譯	150 元
6. 胃部強健法	陳炳崑譯	120 元
7. 癌症早期檢查法	廖松濤譯	160 元
8. 老人痴呆症防止法	柯素娥編譯	130 元
9. 松葉汁健康飲料	陳麗芬編譯	130 元
10. 揉肚臍健康法	永井秋夫著	150 元
11. 過勞死、猝死的預防	卓秀貞編譯	130 元
12. 高血壓治療與飲食	藤山順豐著	150 元
13. 老人看護指南	柯素娥編譯	150 元
14. 美容外科淺談	楊啟宏著	150 元
15. 美容外科新境界	楊啟宏著	150 元
16. 鹽是天然的醫生	西英司郎著	140 元
17. 年輕十歲不是夢	梁瑞麟譯	200 元
18. 茶料理治百病	桑野和民著	180 元
19. 綠茶治病寶典	桑野和民著	150 元
20. 杜仲茶養顏減肥法	西田博著	150 元
21. 蜂膠驚人療效	瀨長良三郎著	180 元
22. 蜂膠治百病	瀨長良三郎著	180 元
23. 醫藥與生活(一)	鄭炳全著	180 元
24. 鈣長生寶典	落合敏著	180 元
25. 大蒜長生寶典	木下繁太郎著	160 元
26. 居家自我健康檢查	石川恭三著	160 元
27. 永恆的健康人生	李秀鈴譯	200 元
28. 大豆卵磷脂長生寶典	劉雪卿譯	150 元
29. 芳香療法	梁艾琳譯	160 元

30. 醋長生寶典	柯素娥譯	180 元
31. 從星座透視健康	席拉・吉蒂斯著	180 元
32. 愉悅自在保健學	野本二士夫著	160 元
33. 裸睡健康法	丸山淳士等著	160 元
34. 糖尿病預防與治療	藤田順豐著	180 元
35. 維他命長生寶典	菅原明子著	180 元
36. 維他命 C 新效果	鐘文訓編	150 元
37. 手、腳病理按摩	堤芳朗著	160 元
38. AIDS 瞭解與預防	彼得塔歇爾著	180 元
39. 甲殼質殼聚糖健康法	沈永嘉譯	160 元
40. 神經痛預防與治療	木下真男著	160 元
41. 室內身體鍛鍊法	陳炳崑編著	160 元
42. 吃出健康藥膳	劉大器編著	180 元
43. 自我指壓術	蘇燕謀編著	160 元
44. 紅蘿蔔汁斷食療法	李玉瓊編著	150 元
45. 洗心術健康秘法	竺翠萍編譯	170 元
46. 枇杷葉健康療法	柯素娥編譯	180 元
47. 抗衰血癒	楊啟宏著	180 元
48. 與癌搏鬥記	逸見政孝著	180 元
49. 冬蟲夏草長生寶典	高橋義博著	170 元
50. 痔瘡・大腸疾病先端療法	宮島伸宜著	180 元
51. 膠布治癒頑固慢性病	加瀨建造著	180 元
52. 芝麻神奇健康法	小林貞作著	170 元
53. 香煙能防止癡呆？	高田明和著	180 元
54. 穀菜食治癌療法	佐藤成志著	180 元
55. 貼藥健康法	松原英多著	180 元
56. 克服癌症調和道呼吸法	帶津良一著	180 元
57. B 型肝炎預防與治療	野村喜重郎著	180 元
58. 青春永駐養生導引術	早島正雄著	180 元
59. 改變呼吸法創造健康	原久子著	180 元
60. 荷爾蒙平衡養生秘訣	出村博著	180 元
61. 水美肌健康法	井戶勝富著	170 元
62. 認識食物掌握健康	廖梅珠編著	170 元
63. 痛風劇痛消除法	鈴木吉彥著	180 元
64. 酸莖菌驚人療效	上田明彥著	180 元
65. 大豆卵磷脂治現代病	神津健一著	200 元
66. 時辰療法—危險時刻凌晨 4 時	呂建強等著	180 元
67. 自然治癒力提升法	帶津良一著	180 元
68. 巧妙的氣保健法	藤平墨子著	180 元
69. 治癒 C 型肝炎	熊田博光著	180 元
70. 肝臟病預防與治療	劉名揚編著	180 元
71. 腰痛平衡療法	荒井政信著	180 元
72. 根治多汗症、狐臭	稻葉益巳著	220 元
73. 40 歲以後的骨質疏鬆症	沈永嘉譯	180 元

74. 認識中藥　松下一成著　180 元
75. 認識氣的科學　佐佐木茂美著　180 元
76. 我戰勝了癌症　安田伸著　180 元
77. 斑點是身心的危險信號　中野進著　180 元
78. 艾波拉病毒大震撼　玉川重德著　180 元
79. 重新還我黑髮　桑名隆一郎著　180 元
80. 身體節律與健康　林博史著　180 元
81. 生薑治萬病　石原結實著　180 元
82. 靈芝治百病　陳瑞東著　180 元
83. 木炭驚人的威力　大槻彰著　200 元
84. 認識活性氧　井土貴司著　180 元
85. 深海鮫治百病　廖玉山編著　180 元
86. 神奇的蜂王乳　井上丹治著　180 元
87. 卡拉 OK 健腦法　東潔著　180 元
88. 卡拉 OK 健康法　福田伴男著　180 元
89. 醫藥與生活㈡　鄭炳全著　200 元
90. 洋蔥治百病　宮尾興平著　180 元
91. 年輕 10 歲快步健康法　石塚忠雄著　180 元
92. 石榴的驚人神效　岡本順子著　180 元
93. 飲料健康法　白鳥早奈英著　180 元
94. 健康棒體操　劉名揚編譯　180 元
95. 催眠健康法　蕭京凌編著　180 元

・實用女性學講座・電腦編號 19

1. 解讀女性內心世界　島田一男著　150 元
2. 塑造成熟的女性　島田一男著　150 元
3. 女性整體裝扮學　黃靜香編著　180 元
4. 女性應對禮儀　黃靜香編著　180 元
5. 女性婚前必修　小野十傳著　200 元
6. 徹底瞭解女人　田口二州著　180 元
7. 拆穿女性謊言 88 招　島田一男著　200 元
8. 解讀女人心　島田一男著　200 元
9. 俘獲女性絕招　志賀貢著　200 元
10. 愛情的壓力解套　中村理英子著　200 元
11. 妳是人見人愛的女孩　廖松濤編著　200 元

・校園系列・電腦編號 20

1. 讀書集中術　多湖輝著　150 元
2. 應考的訣竅　多湖輝著　150 元
3. 輕鬆讀書贏得聯考　多湖輝著　150 元
4. 讀書記憶秘訣　多湖輝著　150 元

5. 視力恢復！超速讀術	江錦雲譯	180 元
6. 讀書 36 計	黃柏松編著	180 元
7. 驚人的速讀術	鐘文訓編著	170 元
8. 學生課業輔導良方	多湖輝著	180 元
9. 超速讀超記憶法	廖松濤編著	180 元
10. 速算解題技巧	宋釗宜編著	200 元
11. 看圖學英文	陳炳崑編著	200 元
12. 讓孩子最喜歡數學	沈永嘉譯	180 元
13. 催眠記憶術	林碧清譯	180 元

・實用心理學講座・電腦編號 21

1. 拆穿欺騙伎倆	多湖輝著	140 元
2. 創造好構想	多湖輝著	140 元
3. 面對面心理術	多湖輝著	160 元
4. 偽裝心理術	多湖輝著	140 元
5. 透視人性弱點	多湖輝著	140 元
6. 自我表現術	多湖輝著	180 元
7. 不可思議的人性心理	多湖輝著	180 元
8. 催眠術入門	多湖輝著	150 元
9. 責罵部屬的藝術	多湖輝著	150 元
10. 精神力	多湖輝著	150 元
11. 厚黑說服術	多湖輝著	150 元
12. 集中力	多湖輝著	150 元
13. 構想力	多湖輝著	150 元
14. 深層心理術	多湖輝著	160 元
15. 深層語言術	多湖輝著	160 元
16. 深層說服術	多湖輝著	180 元
17. 掌握潛在心理	多湖輝著	160 元
18. 洞悉心理陷阱	多湖輝著	180 元
19. 解讀金錢心理	多湖輝著	180 元
20. 拆穿語言圈套	多湖輝著	180 元
21. 語言的內心玄機	多湖輝著	180 元
22. 積極力	多湖輝著	180 元

・超現實心理講座・電腦編號 22

1. 超意識覺醒法	詹蔚芬編譯	130 元
2. 護摩秘法與人生	劉名揚編譯	130 元
3. 秘法！超級仙術入門	陸明譯	150 元
4. 給地球人的訊息	柯素娥編著	150 元
5. 密教的神通力	劉名揚編著	130 元
6. 神秘奇妙的世界	平川陽一著	200 元

7. 地球文明的超革命　吳秋嬌譯　200元
8. 力量石的秘密　吳秋嬌譯　180元
9. 超能力的靈異世界　馬小莉譯　200元
10. 逃離地球毀滅的命運　吳秋嬌譯　200元
11. 宇宙與地球終結之謎　南山宏著　200元
12. 驚世奇功揭秘　傅起鳳著　200元
13. 啟發身心潛力心象訓練法　栗田昌裕著　180元
14. 仙道術遁甲法　高藤聰一郎著　220元
15. 神通力的秘密　中岡俊哉著　180元
16. 仙人成仙術　高藤聰一郎著　200元
17. 仙道符咒氣功法　高藤聰一郎著　220元
18. 仙道風水術尋龍法　高藤聰一郎著　200元
19. 仙道奇蹟超幻像　高藤聰一郎著　200元
20. 仙道鍊金術房中法　高藤聰一郎著　200元
21. 奇蹟超醫療治癒難病　深野一幸著　220元
22. 揭開月球的神秘力量　超科學研究會　180元
23. 西藏密教奧義　高藤聰一郎著　250元
24. 改變你的夢術入門　高藤聰一郎著　250元

·養生保健· 電腦編號 23

1. 醫療養生氣功　黃孝寬著　250元
2. 中國氣功圖譜　余功保著　230元
3. 少林醫療氣功精粹　井玉蘭著　250元
4. 龍形實用氣功　吳大才等著　220元
5. 魚戲增視強身氣功　宮　嬰著　220元
6. 嚴新氣功　前新培金著　250元
7. 道家玄牝氣功　張　章著　200元
8. 仙家秘傳袪病功　李遠國著　160元
9. 少林十大健身功　秦慶豐著　180元
10. 中國自控氣功　張明武著　250元
11. 醫療防癌氣功　黃孝寬著　250元
12. 醫療強身氣功　黃孝寬著　250元
13. 醫療點穴氣功　黃孝寬著　250元
14. 中國八卦如意功　趙維漢著　180元
15. 正宗馬禮堂養氣功　馬禮堂著　420元
16. 秘傳道家筋經內丹功　王慶餘著　280元
17. 三元開慧功　辛桂林著　250元
18. 防癌治癌新氣功　郭　林著　180元
19. 禪定與佛家氣功修煉　劉天君著　200元
20. 顛倒之術　梅自強著　360元
21. 簡明氣功辭典　吳家駿編　360元
22. 八卦三合功　張全亮著　230元
23. 朱砂掌健身養生功　楊永著　250元

24. 抗老功	陳九鶴著	230 元
25. 意氣按穴排濁自療法	黃啟運編著	250 元
26. 陳式太極拳養生功	陳正雷著	200 元
27. 健身祛病小功法	王培生著	200 元

・社會人智囊・電腦編號 24

1. 糾紛談判術	清水增三著	160 元
2. 創造關鍵術	淺野八郎著	150 元
3. 觀人術	淺野八郎著	180 元
4. 應急詭辯術	廖英迪編著	160 元
5. 天才家學習術	木原武一著	160 元
6. 貓型狗式鑑人術	淺野八郎著	180 元
7. 逆轉運掌握術	淺野八郎著	180 元
8. 人際圓融術	澀谷昌三著	160 元
9. 解讀人心術	淺野八郎著	180 元
10. 與上司水乳交融術	秋元隆司著	180 元
11. 男女心態定律	小田晉著	180 元
12. 幽默說話術	林振輝編著	200 元
13. 人能信賴幾分	淺野八郎著	180 元
14. 我一定能成功	李玉瓊譯	180 元
15. 獻給青年的嘉言	陳蒼杰譯	180 元
16. 知人、知面、知其心	林振輝編著	180 元
17. 塑造堅強的個性	坂上肇著	180 元
18. 為自己而活	佐藤綾子著	180 元
19. 未來十年與愉快生活有約	船井幸雄著	180 元
20. 超級銷售話術	杜秀卿譯	180 元
21. 感性培育術	黃靜香編著	180 元
22. 公司新鮮人的禮儀規範	蔡媛惠譯	180 元
23. 傑出職員鍛鍊術	佐佐木正著	180 元
24. 面談獲勝戰略	李芳黛譯	180 元
25. 金玉良言撼人心	森純大著	180 元
26. 男女幽默趣典	劉華亭編著	180 元
27. 機智說話術	劉華亭編著	180 元
28. 心理諮商室	柯素娥譯	180 元
29. 如何在公司崢嶸頭角	佐佐木正著	180 元
30. 機智應對術	李玉瓊編著	200 元
31. 克服低潮良方	坂野雄二著	180 元
32. 智慧型說話技巧	沈永嘉編著	180 元
33. 記憶力、集中力增進術	廖松濤編著	180 元
34. 女職員培育術	林慶旺編著	180 元
35. 自我介紹與社交禮儀	柯素娥編著	180 元
36. 積極生活創幸福	田中真澄著	180 元
37. 妙點子超構想	多湖輝著	180 元

38. 說NO的技巧	廖玉山編著	180元
39. 一流說服力	李玉瓊編著	180元
40. 般若心經成功哲學	陳鴻蘭編著	180元
41. 訪問推銷術	黃靜香編著	180元
42. 男性成功秘訣	陳蒼杰編著	180元
43. 笑容、人際智商	宮川澄子著	180元
44. 多湖輝的構想工作室	多湖輝著	200元
45. 名人名語啟示錄	喬家楓著	180元

・精 選 系 列・電腦編號 25

1. 毛澤東與鄧小平	渡邊利夫等著	280元
2. 中國大崩裂	江戶介雄著	180元
3. 台灣・亞洲奇蹟	上村幸治著	220元
4. 7-ELEVEN高盈收策略	國友隆一著	180元
5. 台灣獨立（新・中國日本戰爭一）	森詠著	200元
6. 迷失中國的末路	江戶雄介著	220元
7. 2000年5月全世界毀滅	紫藤甲子男著	180元
8. 失去鄧小平的中國	小島朋之著	220元
9. 世界史爭議性異人傳	桐生操著	200元
10. 淨化心靈享人生	松濤弘道著	220元
11. 人生心情診斷	賴藤和寬著	220元
12. 中美大決戰	檜山良昭著	220元
13. 黃昏帝國美國	莊雯琳譯	220元
14. 兩岸衝突（新・中國日本戰爭二）	森詠著	220元
15. 封鎖台灣（新・中國日本戰爭三）	森詠著	220元
16. 中國分裂（新・中國日本戰爭四）	森詠著	220元
17. 由女變男的我	虎井正衛著	200元
18. 佛學的安心立命	松濤弘道著	220元
19. 世界喪禮大觀	松濤弘道著	280元

・運 動 遊 戲・電腦編號 26

1. 雙人運動	李玉瓊譯	160元
2. 愉快的跳繩運動	廖玉山譯	180元
3. 運動會項目精選	王佑京譯	150元
4. 肋木運動	廖玉山譯	150元
5. 測力運動	王佑宗譯	150元
6. 游泳入門	唐桂萍編著	200元

・休 閒 娛 樂・電腦編號 27

1. 海水魚飼養法	田中智浩著	300元

2.	金魚飼養法	曾雪玫譯	250 元
3.	熱門海水魚	毛利匡明著	480 元
4.	愛犬的教養與訓練	池田好雄著	250 元
5.	狗教養與疾病	杉浦哲著	220 元
6.	小動物養育技巧	三上昇著	300 元
20.	園藝植物管理	船越亮二著	220 元

・銀髮族智慧學・電腦編號 28

1.	銀髮六十樂逍遙	多湖輝著	170 元
2.	人生六十反年輕	多湖輝著	170 元
3.	六十歲的決斷	多湖輝著	170 元
4.	銀髮族健身指南	孫瑞台編著	250 元

・飲 食 保 健・電腦編號 29

1.	自己製作健康茶	大海淳著	220 元
2.	好吃、具藥效茶料理	德永睦子著	220 元
3.	改善慢性病健康藥草茶	吳秋嬌譯	200 元
4.	藥酒與健康果菜汁	成玉編著	250 元
5.	家庭保健養生湯	馬汴梁編著	220 元
6.	降低膽固醇的飲食	早川和志著	200 元
7.	女性癌症的飲食	女子營養大學	280 元
8.	痛風者的飲食	女子營養大學	280 元
9.	貧血者的飲食	女子營養大學	280 元
10.	高脂血症者的飲食	女子營養大學	280 元
11.	男性癌症的飲食	女子營養大學	280 元
12.	過敏者的飲食	女子營養大學	280 元
13.	心臟病的飲食	女子營養大學	280 元
14.	滋陰壯陽的飲食	王增著	220 元

・家庭醫學保健・電腦編號 30

1.	女性醫學大全	雨森良彥著	380 元
2.	初為人父育兒寶典	小瀧周曹著	220 元
3.	性活力強健法	相建華著	220 元
4.	30 歲以上的懷孕與生產	李芳黛編著	220 元
5.	舒適的女性更年期	野末悅子著	200 元
6.	夫妻前戲的技巧	笠井寬司著	200 元
7.	病理足穴按摩	金慧明著	220 元
8.	爸爸的更年期	河野孝旺著	200 元
9.	橡皮帶健康法	山田晶著	180 元
10.	三十三天健美減肥	相建華等著	180 元

11. 男性健美入門　孫玉祿編著　180元
12. 強化肝臟秘訣　主婦の友社編　200元
13. 了解藥物副作用　張果馨譯　200元
14. 女性醫學小百科　松山榮吉著　200元
15. 左轉健康法　龜田修等著　200元
16. 實用天然藥物　鄭炳全編著　260元
17. 神秘無痛平衡療法　林宗駛著　180元
18. 膝蓋健康法　張果馨譯　180元
19. 針灸治百病　葛書翰著　250元
20. 異位性皮膚炎治癒法　吳秋嬌譯　220元
21. 禿髮白髮預防與治療　陳炳崑編著　180元
22. 埃及皇宮菜健康法　飯森薰著　200元
23. 肝臟病安心治療　上野幸久著　220元
24. 耳穴治百病　陳抗美等著　250元
25. 高效果指壓法　五十嵐康彥著　200元
26. 瘦水、胖水　鈴木園子著　200元
27. 手針新療法　朱振華著　200元
28. 香港腳預防與治療　劉小惠譯　200元
29. 智慧飲食吃出健康　柯富陽編著　200元
30. 牙齒保健法　廖玉山編著　200元
31. 恢復元氣養生食　張果馨譯　200元
32. 特效推拿按摩術　李玉田著　200元
33. 一週一次健康法　若狹真著　200元
34. 家常科學膳食　大塚滋著　220元
35. 夫妻們關心的男性不孕　原利夫著　220元
36. 自我瘦身美容　馬野詠子著　200元
37. 魔法姿勢益健康　五十嵐康彥著　200元
38. 眼病錘療法　馬栩周著　200元
39. 預防骨質疏鬆症　藤田拓男著　200元
40. 骨質增生效驗方　李吉茂編著　250元
41. 蕺菜健康法　小林正夫著　200元
42. 赧於啟齒的男性煩惱　增田豐著　220元
43. 簡易自我健康檢查　稻葉允著　250元
44. 實用花草健康法　友田純子著　200元
45. 神奇的手掌療法　日比野喬著　230元
46. 家庭式三大穴道療法　刑部忠和著　200元
47. 子宮癌、卵巢癌　岡島弘幸著　220元
48. 糖尿病機能性食品　劉雪卿編著　220元
49. 奇蹟活現經脈美容法　林振輝編譯　200元
50. Super SEX　秋好憲一著　220元
51. 了解避孕丸　林玉佩譯　200元

・超經營新智慧・電腦編號 31

1. 躍動的國家越南	林雅倩譯	250 元
2. 甦醒的小龍菲律賓	林雅倩譯	220 元
3. 中國的危機與商機	中江要介著	250 元
4. 在印度的成功智慧	山內利男著	220 元
5. 7-ELEVEN 大革命	村上豐道著	200 元
6. 業務員成功秘方	呂育清編著	200 元

・心 靈 雅 集・電腦編號 00

1. 禪言佛語看人生	松濤弘道著	180 元
2. 禪密教的奧秘	葉逯謙譯	120 元
3. 觀音大法力	田口日勝著	120 元
4. 觀音法力的大功德	田口日勝著	120 元
5. 達摩禪 106 智慧	劉華亭編譯	220 元
6. 有趣的佛教研究	葉逯謙編譯	170 元
7. 夢的開運法	蕭京凌譯	130 元
8. 禪學智慧	柯素娥編譯	130 元
9. 女性佛教入門	許俐萍譯	110 元
10. 佛像小百科	心靈雅集編譯組	130 元
11. 佛教小百科趣談	心靈雅集編譯組	120 元
12. 佛教小百科漫談	心靈雅集編譯組	150 元
13. 佛教知識小百科	心靈雅集編譯組	150 元
14. 佛學名言智慧	松濤弘道著	220 元
15. 釋迦名言智慧	松濤弘道著	220 元
16. 活人禪	平田精耕著	120 元
17. 坐禪入門	柯素娥編譯	150 元
18. 現代禪悟	柯素娥編譯	130 元
19. 道元禪師語錄	心靈雅集編譯組	130 元
20. 佛學經典指南	心靈雅集編譯組	130 元
21. 何謂「生」阿含經	心靈雅集編譯組	150 元
22. 一切皆空　般若心經	心靈雅集編譯組	180 元
23. 超越迷惘　法句經	心靈雅集編譯組	130 元
24. 開拓宇宙觀　華嚴經	心靈雅集編譯組	180 元
25. 真實之道　法華經	心靈雅集編譯組	130 元
26. 自由自在　涅槃經	心靈雅集編譯組	130 元
27. 沈默的教示　維摩經	心靈雅集編譯組	150 元
28. 開通心眼　佛語佛戒	心靈雅集編譯組	130 元
29. 揭秘寶庫　密教經典	心靈雅集編譯組	180 元
30. 坐禪與養生	廖松濤譯	110 元
31. 釋尊十戒	柯素娥編譯	120 元
32. 佛法與神通	劉欣如編著	120 元

33. 悟（正法眼藏的世界）	柯素娥編譯	120 元
34. 只管打坐	劉欣如編著	120 元
35. 喬答摩・佛陀傳	劉欣如編著	120 元
36. 唐玄奘留學記	劉欣如編著	120 元
37. 佛教的人生觀	劉欣如編譯	110 元
38. 無門關(上卷)	心靈雅集編譯組	150 元
39. 無門關(下卷)	心靈雅集編譯組	150 元
40. 業的思想	劉欣如編著	130 元
41. 佛法難學嗎	劉欣如著	140 元
42. 佛法實用嗎	劉欣如著	140 元
43. 佛法殊勝嗎	劉欣如著	140 元
44. 因果報應法則	李常傳編	180 元
45. 佛教醫學的奧秘	劉欣如編著	150 元
46. 紅塵絕唱	海　若著	130 元
47. 佛教生活風情	洪丕謨、姜玉珍著	220 元
48. 行住坐臥有佛法	劉欣如著	160 元
49. 起心動念是佛法	劉欣如著	160 元
50. 四字禪語	曹洞宗青年會	200 元
51. 妙法蓮華經	劉欣如編著	160 元
52. 根本佛教與大乘佛教	葉作森編	180 元
53. 大乘佛經	定方晟著	180 元
54. 須彌山與極樂世界	定方晟著	180 元
55. 阿闍世的悟道	定方晟著	180 元
56. 金剛經的生活智慧	劉欣如著	180 元
57. 佛教與儒教	劉欣如編譯	180 元
58. 佛教史入門	劉欣如編譯	180 元
59. 印度佛教思想史	劉欣如編譯	200 元
60. 佛教與女姓	劉欣如編譯	180 元
61. 禪與人生	洪丕謨主編	260 元

・經營管理・電腦編號 01

◎ 創新經營管理六十六大計(精)	蔡弘文編	780 元
1. 如何獲取生意情報	蘇燕謀譯	110 元
2. 經濟常識問答	蘇燕謀譯	130 元
4. 台灣商戰風雲錄	陳中雄著	120 元
5. 推銷大王秘錄	原一平著	180 元
6. 新創意・賺大錢	王家成譯	90 元
7. 工廠管理新手法	琪　輝著	120 元
10. 美國實業 24 小時	柯順隆譯	80 元
11. 撼動人心的推銷法	原一平著	150 元
12. 高竿經營法	蔡弘文編	120 元
13. 如何掌握顧客	柯順隆譯	150 元
17. 一流的管理	蔡弘文編	150 元

18. 外國人看中韓經濟　劉華亭譯　150元
20. 突破商場人際學　林振輝編著　90元
22. 如何使女人打開錢包　林振輝編著　100元
24. 小公司經營策略　王嘉誠著　160元
25. 成功的會議技巧　鐘文訓編譯　100元
26. 新時代老闆學　黃柏松編著　100元
27. 如何創造商場智囊團　林振輝編譯　150元
28. 十分鐘推銷術　林振輝編譯　180元
29. 五分鐘育才　黃柏松編譯　100元
33. 自我經濟學　廖松濤編譯　100元
34. 一流的經營　陶田生編著　120元
35. 女性職員管理術　王昭國編譯　120元
36. ＩＢＭ的人事管理　鐘文訓編譯　150元
37. 現代電腦常識　王昭國編譯　150元
38. 電腦管理的危機　鐘文訓編譯　120元
39. 如何發揮廣告效果　王昭國編譯　150元
40. 最新管理技巧　王昭國編譯　150元
41. 一流推銷術　廖松濤編譯　150元
42. 包裝與促銷技巧　王昭國編譯　130元
43. 企業王國指揮塔　松下幸之助著　120元
44. 企業精銳兵團　松下幸之助著　120元
45. 企業人事管理　松下幸之助著　100元
46. 華僑經商致富術　廖松濤編譯　130元
47. 豐田式銷售技巧　廖松濤編譯　180元
48. 如何掌握銷售技巧　王昭國編著　130元
50. 洞燭機先的經營　鐘文訓編譯　150元
52. 新世紀的服務業　鐘文訓編譯　100元
53. 成功的領導者　廖松濤編譯　120元
54. 女推銷員成功術　李玉瓊編譯　130元
55. ＩＢＭ人才培育術　鐘文訓編譯　100元
56. 企業人自我突破法　黃琪輝編著　150元
58. 財富開發術　蔡弘文編著　130元
59. 成功的店舖設計　鐘文訓編著　150元
61. 企管回春法　蔡弘文編著　130元
62. 小企業經營指南　鐘文訓編譯　100元
63. 商場致勝名言　鐘文訓編譯　150元
64. 迎接商業新時代　廖松濤編譯　100元
66. 新手股票投資入門　何朝乾編著　200元
67. 上揚股與下跌股　何朝乾編譯　180元
68. 股票速成學　何朝乾編譯　200元
69. 理財與股票投資策略　黃俊豪編著　180元
70. 黃金投資策略　黃俊豪編著　180元
71. 厚黑管理學　廖松濤編譯　180元
72. 股市致勝格言　呂梅莎編譯　180元

國家圖書館出版品預行編目資料

偵探常識推理／小毛驢編譯　--初版　--臺北市
大展，民82
面；　公分　--（青春天地；31）
ISBN 957-557-400-1（平裝）

861.6　　82007053

ISBN 957-557-400-1

偵探常識推理

編著者／小　毛　驢
發行人／蔡　森　明
出版者／大展出版社有限公司
社　址／台北市北投區（石牌）致遠一路二段12巷1號
電　話／(02) 28236031・28236033
傳　眞／(02) 28272069
郵政劃撥／0166955－1
登記證／局版臺業字第2171號
承印者／高星印刷品行
裝　訂／日新裝訂所
排版者／千兵企業有限公司
電　話／(02) 28812643
初版1刷／1993年（民82年）10月
2　刷／1999年（民88年）2月

定　價／180元

大展好書 好書大展

大展好書 好書大展